Judith Masanke

AF210926

Auszeit

zwischen jetzt und dann

J. Masanke, 12/1995
erschienen im Selbstverlag 3/2002
Herstellung: Books on Demand GmbH,
Norderstedt
Umschlagbild: privat
Printed in Germany • ISBN 3-8311-3389-1

eins

Onkel Willi hat immer gesagt, ich muß mich erst besinnen. Wie er das dann gemacht hat, weiß ich nicht. Jedenfalls hat er eine Weile Löcher in die Luft geguckt. Mehr war nicht zu erkennen. Was man allerdings erkennen konnte, war, wann er wieder aufhörte mit Löcher in die Luft Gucken. Und dann wußte man, Onkel Willi hat sich besinnt. So dachte ich, das weiß ich noch. Ich habe das Wort damals schwach gebeugt.

Damals ist lange her. Vielleicht sogar sehr lange her, hätte ich beinahe gesagt. Und wenn es mir nicht ebenso unwahrscheinlich vorgekommen wäre, hätte ich dem glatt noch hinzugefügt, das war eine andere Welt. Also, hätte ich schließen müssen, ich komme aus einer anderen Welt.

Wahrscheinlicher ist, daß es sich um dieselbe Welt handelt. Jetzt nur eben älter.

Blieb dennoch die Tatsache, daß ich das alles nicht mehr auf die Reihe bringe. Und noch eine: Das ist kein Zustand.

Deswegen habe ich mich zunächst nicht weiter gerührt. Und dann habe ich angefangen, diese Mobiles zu bauen: Kreisende Dinger, die von der Decke hängen. Und das war etwas gegen Löcher in die Luft Gucken.

Die Zeit verstreicht, das ist klar, dachte ich, und es kann nicht werden wie es war. Heute back' ich, morgen brau' ich.

Keine Frage, da ist was dran.

Der Müller hat nicht geprahlt. Er hat zu tun, das läßt sich denken: Es klappert die Mühle am rauschenden Bach, bei Tag und bei Nacht ist der Müller stets wach. Nur sind Müller und Mühle weit, und die Tochter hat ihren eigenen Beruf.

zwei

Ich bin Sachbearbeiterin in einem Mineralölkonzern. Gewesen, habe ich mir klarmachen müssen: Sachbearbeiterin in vollendeter Gegenwart, und das ist in der Tat Vergangenheit. Schluß, aus und vorbei. Typischer Fall von denkste.

Angefangen haben soll ich in dem Mineralölkonzern als Aushilfe, gleich befristet, in der Personalabteilung. Siehe Arbeitsbescheinigung, kann ich Ihnen zeigen. Weil mein ehemaliger Arbeitgeber verpflichtet war, mir eine auszustellen. Von diesen Bescheinigungen habe ich von ihm sogar mehrere, nur die letzte im Original zwar, aber alle über ein und denselben Zeitraum. Und alle verschieden. Weil mein ehemaliger Arbeitgeber jedesmal unrichtige Angaben gemacht hat, so daß wir ihm die Bescheinigung zurückgeschickt haben: bitte richtigstellen, die und die Punkte. Ich empfand das als glatte Zumutung. Zum Beispiel folgende Antwort: Anliegend Ihre neue, ordnungsgemäß ausgefüllte Arbeitsbescheinigung, obwohl wir der Ansicht sind, daß die von Ihnen gerügte ebenfalls korrekt war. Ob sie dort eigentlich noch recht bei Trost sind, habe ich mich gefragt. Wenn in dem Formular nach der Dauer der Beschäftigung gefragt wird, und es ist auf volle Jahre nach unten abzurunden, dann mag ein Arbeitgeber drei Jahre schreiben. Wird er dann aufgefordert, dies richtigzustellen, ändert er also in zwei Jahre - da ist weiter nichts dabei -, aber gleichzeitig mitzuteilen, daß die Angabe beim ersten Mal genauso korrekt war wie jetzt beim zweiten Mal, das kann nicht angehen. Es gibt schließlich Grenzen.

Das mit der Sachbearbeiterin hätte ich gewiß nicht beanstandet, wenn das die einzige Eintragung gewesen wäre. Nur hielt es mein ehemaliger Arbeitgeber offenbar unbedingt für nötig mitzuteilen, daß ich anfangs Aushilfe, gleich befristet, in der Personalabteilung gewesen sei. Eine Hinzufügung, die um so eigenwilliger anmutet, wenn man weiß, daß man Leute wie mich dort schlicht Indianer nennt. Kann mein ehemaliger Arbeitgeber denn nicht lesen, habe ich gefragt. Er sollte doch nicht angeben, als was ich dort angefangen habe, sondern als was ich dort zuletzt beschäftigt war. Zuletzt, an letzter Stelle, als letztes, nach allem übrigen, diese Arbeit werde ich zuletzt machen, sie denkt an sich selbst zuletzt, er war zuletzt (am Ende seiner Laufbahn) Major. Soll mein ehemaliger Arbeitgeber im Duden nachschlagen. Das wäre das erste, was ich tun würde. Außerdem stimmen die Daten nicht. Mit der genannten Sachbearbeitung habe ich nachweisbar schon früher angefangen. Es ist doch ganz einfach: Eintrittsdatum und Austrittsdatum und zuletzt als was. Mehr ist dort überhaupt nicht gefragt. Nix Aushilfe, gleich befristet, in der Personalabteilung.

Daraufhin argumentierte mein ehemaliger Arbeitgeber, die Bescheinigung sei zutreffend ausgefüllt, denn sie weise das Arbeitsverhältnis als durchgehend aus. Ein Schmierenargument. Mehrere Eintragungen sind dort nur erforderlich, wenn das Arbeitsverhältnis zwischendurch beendet war. Ich habe mir extra die Erläuterung besorgt. Kann mein ehemaliger Arbeitgeber das nicht auch, habe ich gefragt. Oder braucht er eine Erläuterung für die Erläuterung? Mehrere nur, wenn zwischendurch beendet. Genau eine Eintragung dann, wenn durchgehend. Und außerdem stimmen die Daten nicht - also. Mein Verlangen sei bloße Formelei, hieß es da, man betrachte die Sache nunmehr als erledigt!

Bis drei kann ich zählen, hoppla. Zum Beispiel auf dem Brett und mit Steinen in einer Reihe erlangt man eine Mühle. Mein ehemaliger Arbeitgeber kennt sich darin aus. Er hat es sogar zur Zwickmühle gebracht: Rösselsprung und bitte sehr! Ich habe mich nicht schlecht gewundert.

Daß ich nicht hätte weiterspielen brauchen, werden Sie sagen. Stimmt, genau, und leise weinend den Hut nehmen, verduften. Lassense ma' stecken, so einfach wollte ich nicht aufgeben! Nicht mit mir, dachte ich, das wollen wir doch mal sehen. Vielleicht dachte ich auch, du hast keine Chance, also nutze sie.

Ausgeholfen im Sinne von Aushilfe habe ich bei meinem ehemaligen Arbeitgeber jedenfalls dreimal. Nummer eins ist jedoch nicht seine Sache, obwohl ich bei ihm beschäftigt war. Der Grund dafür ist, daß er mich entliehen hatte. Zeitweise entliehen, von einem Verleiher. Extra zu dem Zweck stand ich bei diesem unter Vertrag. Der Mineralölkonzern war ein Kunde von ihm, und für den hatte er jemanden gesucht. So ein Verleiher darf einen allerdings nicht länger als sechs - so heißt es in meinem Merkblatt - aufeinanderfolgende Monate an ein und denselben Arbeitgeber entleihen. Was bei mir auch nicht der Fall war. Die Nachweiszettel habe ich noch: Sieben Wochen waren es, und zwar in der Personalabteilung dieses Mineralölkonzerns.

Der Verleiher darf einem nicht untersagen, sich mit seinem Kunden entsprechend zu verständigen, um dann mit diesem einen Vertrag einzugehen. Hat er mir auch nicht. Das war Nummer zwei, und genau da war laut Arbeitsbescheinigung der Anfang. Aushilfe, gleich befristet, in der Personalabteilung. In meinem Vertrag mit dem Mineralölkonzern heißt es "in den Diensten unserer Gesellschaft", ich sei als Verwaltungsangestellte aushilfsweise zur Vertretung einer anderweitig eingesetzten Arbeitnehmerin eingestellt. Der Vertrag sei daher befristet und ende automatisch mit dem laufenden Jahr. Ein Vertrag über gut sieben Monate. Wer hätte ein solches Angebot ausgeschlagen?

Heute allerdings erscheinen mir diese Vorgänge weit entfernt. Verständlich, vielleicht, denn zum einen befindet sich die genannte Personalabteilung gar nicht in diesem Seehafen hier, sondern in jener Kreisstadt. Ein Mineralölkonzern hat natürlich mehrere Betriebe, und Aushilfe war ich nun mal dort und Sachbearbeiterin war ich hier. Umstände, jawohl, über die in der Bescheinigung kein Sterbenswörtchen verloren wird. Zum anderen spielt eine Rolle, daß meine Tochter damals elf Jahre alt war - jener befristete Vertrag datiert von ihrem elften Geburtstag - und heute fast sechzehn ist. Für mich ein erheblicher Unterschied.

Damals, jedenfalls, es war das Jahr eins nach der Wende, wohnten wir in jener Kreisstadt. Das konzerneigene Bürogebäude konnte ich per Fahrrad erreichen, die Personalabteilung befand sich hoch oben im achten Stock und die Akten über ehemalige Zwangsarbeiter befanden sich im Keller. Letzteres sollte man wissen.

In Personalwesen bin ich nicht ausgebildet. Höchstens angelernt worden. Man kann auch sagen, ich habe Gelegenheit gehabt, mir ein paar Kenntnisse darüber anzueignen. Darüber, wie das Personalwesen in so einem Konzern aussieht. Was Firmenpension angeht, zum Beispiel. Dafür habe ich von meinen Kenntnissen auch etwas weitergeben können. Zum Beispiel wie man schick und schnell auch mit hundertfünfzig Bewerbungen umgehen kann (es wurden Akademiker gesucht). Oder wenn gefragt wurde, wie ist eigentlich die Altersstruktur in unserer Firma. Dann haben sie von mir ein Schaubild bekommen, bunt womöglich. Jedenfalls habe ich mir Mühe gegeben. Schmu war nicht dabei. Wenn man mal davon absieht, daß ich die Eingangsvoraussetzung, wenn man so will, eigentlich nicht erfüllt hatte. Der Mineralölkonzern hatte nämlich damals von dem Verleiher jemanden haben wollen, der sich mit dem bei ihm für Textverarbeitung verwendeten Rechnerprogramm auskannte, und das war bei mir nicht der Fall. Ich war einfach davon ausgegangen, wenn ich das eine kenne, kann das andere nicht grundsätzlich anders sein. Und das stimmte dann meinetwegen auch. Eine kleine Notlüge, nichts weiter. Und Not bestand bei uns, davon können Sie ausgehen. Unsere Mittel reichten vorne und hinten nicht, und das eindeutig immer ausgedehnter. So gesehen war die Sache für uns ein absoluter Glücksfall. Ich hatte schon gedacht, daß ich ein richtiges Arbeitsverhältnis mit allem drum und dran nie mehr haben würde. Während mehr als eines Jahres hatte ich x Bewerbungen geschrieben und mich y mal vorgestellt - alles umsonst. Der Markt schien zu, für mich zumindest.

Oder nehmen Sie die Einrichtung unserer Mietwohnung dort. Die hätte man größtenteils ebenso gut als Sperrmüll bezeichnen können. Gemütlich war es aber trotzdem. Obwohl der Fernseher eine halbe Stunde brauchte, bis das Bild kam, so daß man wegen der Tagesschau um halb acht da sein mußte. Um sie zu sehen, meine ich. Nur Rechner und Drucker waren nicht völlig abgenutzt. Vielmehr abbezahlt, und zwar mit dem Geld, was ich damit verdienen konnte. Gelegentliche Übersetzungsarbeiten, in Wassertechnik. Weil ich vorher mal jahrelang in Wassertechnik gemacht hatte. Unsere nach dem System der Umkehrosmose arbeitenden Meerwasserentsalzungsanlagen werden in sehr raumsparender Kompaktbauweise gefertigt. In dem Stil.

Auch, daß meine Garderobe im wesentlichen aus alten Schätzchen bestand, wie meine Mutter sagen würde, hat meiner Anstellung bei dem Mineralölkonzern nicht im Wege gestanden. Und von da an waren wir ja auch flüssig, so daß ich diesen Bestand auffrischen konnte. Nicht so völlig zähflüssig wie in jenen Wassertechnikzeiten, in denen wir uns gemeinsamen Urlaub nicht leisten konnten, sondern im Gegensatz dazu so flüssig wie heißes Wachs. Dieses chemische Zeug. Haben Sie das schon mal beobachtet? Manchmal schießt es geradezu über den Kerzenrand nach unten. Ich habe meinen Ehemann gefragt, ob er das Gehalt vielleicht raten möchte, und dachte mir schon, daß er nicht so einfach darauf kommen würde, weil es anderthalb mal so hoch war wie der Lohn, den ich von dem Verleiher für dieselbe Tätigkeit bekommen hatte. Urlaubs- und Weihnachtsgeld nicht mitgerechnet. Witzig war das. Vielleicht kennen Sie das Spiel. Man läßt eine Ziffernkombination aufschreiben, vierstellig in diesem Fall, und gibt dann für die richtigen Ziffern mit zwei verschiedenen Zeichen - Kreis und Punkt, meinetwegen - Informationen dazu. Falsche Stelle, richtige Stelle. Und damit kann der andere dann weitermachen. Mein Ehemann ist aber nicht drauf gekommen, einfach `ne Blockade. Weil er dachte, das, was jetzt noch möglich ist, kann nicht sein.

Wir haben Urlaub gemacht, in diesem Sommer, in Spanien. Mit Bredulje. Ich weiß nicht mehr genau, weswegen wir das so genannt haben. Gemeint war damit ein Sonnenschutz, den wir uns täglich aufgebaut haben. Dazu brauchte man nur eine Decke und etwas Tau. Zwei Stöcke und ein paar Steine konnte man dort finden. Besser gesagt, die Stöcke haben wir abends immer irgendwo verborgen, weil wir ein paar ganz gute hatten, solche, die nicht so leicht zu finden sind. Ganz famose Breduljen hatten wir. Handtücher konnte man auch daran trocknen. Und so schönen Sand und Felsen und sogar Berge, die man vom Wasser aus sehen konnte. Grandios. Geradezu atlantisch. Wenn Sie die Fotos sehen könnten!

Wichtig war, meine ich, daß ich eher nicht nervös werde, wenn man mir mit etwas Neuem kommt. Und davon gab es in jener Abteilung reichlich. Zum Beispiel wurde ein neues Abrechnungssystem eingeführt. Edevau in der Totale, und das bedeutete für den einen oder anderen eine herbe Umstellung, die im übrigen auch nicht reibungslos über die Bühne ging. Es mußte geprüft und nachgebessert werden, einiges hatte gar nicht geklappt, und überhaupt lief das alte System über eine ganze Weile nebenher weiter, so daß manche Arbeiten doppelt ausgeführt werden mußten.

Mit dem Jahreswechsel haben wir jedenfalls - ich werde mich ja wohl im Aktiv ausdrücken dürfen - meinen Anstellungsvertrag für Aushilfen verlängert. Um ein halbes Jahr. Der meiner Beschäftigung zugrundeliegende Vertretungsgrund bestehe bis dahin fort. Gleichzeitig wurde mein Gehalt um eine Gruppe erhöht. Das war Nummer drei.

Ab und an hat mein ehemaliger Arbeitgeber mich hier in diesen Seehafen geschickt, in seine Zentrale, zu Schulungszwecken Edevau. Mein ehemaliger Arbeitgeber hat gesagt, ich hätte das Zeug, bei ihm Koordinatorin zu werden. Koordinatorin Edevau Personal. Und eines Tages hieß es, bewerben Sie sich, wir wüßten niemand anderen. Formlos, was Sie können, wissen wir. Mein Ehemann hat gesagt, soso, kein Wunder. Krieg' ich dann mein Pferd, meinte unsere Tochter.

Aber dann hieß es, Entschuldigung, das haben wir nicht ahnen können. Da ist doch eine Mitbewerberin, und wir müssen zugestehen, eine mit älteren Rechten. Aber warten wir ab, kommt Zeit, kommt Rat.

Ich habe von der Kollegin in der Abteilung eine Sitzgruppe aus Leder gekauft, für unsere Stube. Ein Ecksofa und einen Sessel, die wir gegen die alte Garnitur ausgetauscht haben, denn die war geschenkt und mehr als fällig. Die neue ein wirkliches Vergnügen.

Ich fasse die Verträge zusammen: Sieben Wochen entliehen plus gut sieben Monate befristet plus sechs Monate dito. Macht nach Adam Riese dreimal ausgeholfen - Mühle?

Sie steht unter Vertrag und möchte sich verbessern. Von
Stroh zu Gold Spinnen war nicht die Rede.

drei

Sechs Monate dito sind es nicht geworden. Nach Ablauf
dieser Zeit wohnten wir längst in dem Seehafen hier. Es
gibt einen neuen Posten, hatte mein ehemaliger Arbeitgeber
gesagt, der käme für Sie in Frage. Sehen Sie am schwarzen
Brett nach. Das ließ ich mir nicht zweimal sagen. Also
Sachbearbeiter Verkauf? In der Zentrale? Zum ersten
fünften? Aha: ermittelt, prüft, disponiert, bespricht,
erstellt, stimmt ab, bereitet auf, wertet aus, erledigt,
assistiert. Die Aufgabe wird selbständig im Rahmen
allgemeiner Richtlinien und Anweisungen unter
Anwendung eigenen Urteilsvermögens durchgeführt,
außergewöhnliche Sachfragen werden mit dem
Vorgesetzten besprochen und abgestimmt. Ob ich mich
bewerbe? Das ließ ich mich nicht zweimal fragen, es war
noch Winter.

Dann bin ich wieder in die Zentrale, zu einer
Versammlung, wenn ich mich richtig erinnere, weiterer
Terminplan für Umstellung Edevau. Bitte sehr, ein
Handzettel: "Dr. König (klein, schlank, runde Brille) und
sein Mitarbeiter (mittelgroß, dunkelhaarig) würden Sie gern
nach dem Kursus kennenlernen. Ich bring' Sie dort vorbei,
in Ordnung?", Unterschrift, Personalabteilung Zentrale.
Der neue Posten - meiner? Guten Tag, das ist richtig, ich
habe mich beworben.

Meine Herren (das habe ich nicht gesagt), wissen Sie
was? (das habe ich auch nicht gesagt) Ich sitze hier, weil
ich leistungsfähig und leistungsbereit bin. Ich sitze hier,
weil ich was kann. Zum Beispiel ermitteln, prüfen,
disponieren, besprechen, erstellen, abstimmen, aufbereiten, auswerten, erledigen, assistieren (so habe ich das

nicht gesagt). Allet schon jemacht (so auch nicht). Kannick (und so auch nicht). Nach meiner Ausbildung Fremdsprachenkorrespondentin (die mein Ehemann mir größtenteils bezahlt hat, aber das habe ich nicht gesagt), stand ich vier, fünf Jahre in den Diensten einer Gesellschaft, die sich mit Wassertechnik befaßt hat (ich glaube nicht, daß ich das so gesagt habe), `ne kleene Firma, und da ha'ick jemacht und jetan und det allet vonner Pieke uff jelernt (so sicher auch nicht). Ick beschäftige mir fast nur mit sowat (wahr wär's gewesen), außer ick kümmere mir grade um meen Kind oder um'm Uffwasch oder de Betten oder de Wäsche - Se verstehn, wir könn' ja schlecht in Lumpen rumloofen - oder ums Eenkoofen oder Essenmachen (ick gloobe, ick werde blöd). Englisch? Das kann doch heutzutage jeder (das habe ich natürlich nicht gesagt, vielmehr hat das bei einer entsprechenden Gelegenheit mal jemand zu mir gesagt). Die Fahrerei? Macht mir viel aus, ich meine, macht mir nix aus. Kennick, ha'ick jahrelang jemacht. Vonner Stahlstadt aus, wo wir davor jewohnt ha'm (ist wahr, habe ich aber gar nicht erst erwähnt). Erst immer zur Fremdsprachenschule inne Landeshauptstadt und später immer zur Wassertechnik in jene Kreisstadt. Jenau, dahin, wo Ihr Betrieb sitzt, da, wo ick jezz herkomme. Hatte da zwar nischt verlorn, aber wat jefunden, höhö. Wohne jezz fast fünf Jahre da - ha'ick Zeit jespart. Lust? Ick gloobe, ick hör' nich' richtig! Platter jeht's nich', wa? Aber bitte, wennse mich so fragen, intrinsische Motivation is' bei mir inklusive (ist das nicht super?). Oder hätte ich erklären sollen: Passense ma' uff, ick will diese Arbeet und werde se schon jut machen, det könn'n Se mir ruhig glooben! Grund dafür is eenfach: Bin `ne Frau (brauchte ich nicht sagen). Und als solche kannick wat (hatte ich schon gesagt). Nur waret bisher immer det gleiche: Wollen tun se, dat man ihnen det allet macht, und bezahlen wollense dafür 'n Appel und'n Ei.

Glooben, det paßt zusammen. Ick habe ja Jeduld, und eener kann sich ruhig Zeit lassen, bis ihm die Erkenntnis kommt, aber denne soller hinmachen. Der Jeschäftsführer vonner Wassertechnik, zum Beispiel, der hat mir nach vier Jahren immer noch jenauso wenig bezahlt wie nacher Probezeit, obwohl er mir zwischendrin schon'n Rechner hinjestellt hatte. Ha'ick mir so pö a pö allet selber beijebracht, sonst hatte nämlich keener'n Schimmer, außer meen Männe. Klar, hattet mir ooch wat jebracht, nur kee'n Fennich, obwohl ick so uff die Manier für diesen Jeschäftsführer fünf bis fuffzich mal soviel jeleistet habe wie vorher. `Ne Prüfung Fremdsprachenkauffrau ha'ick ooch jemacht, Industrie- und Handelskammer, rührte sich aber immer noch nischt. Als ick denne `rüberjebracht habe, dat ick finde, dat det so nich' jeht, sind se komisch jeworden. Ha'm zum Beispiel immer meene Tür zujemacht, obwohl klar war, det die offensteht. Hat meen Männe mir'n Keil jezimmert. Und so weiter. Denne hat der Jeschäftsführer - heil, meen Jeschäftsführer - jesacht, hier, führnse diese Frau hier, is jezz Ihre Kollegin, mal in det Programm ein. Moment mal, ha'ick jedacht, wat bin ick hier eijentlich? Wat heißt hier in det Programm einführn? Rejelrecht durch diesen Schlitz da direktemang inne Maschine? Oder wie? Einführn kennick nich'. Hat die neue Kollegin jesacht, also?, Se sind wohl unkollegial? Und der Jeschäftsführer hat jesacht, ick kann Ihnen ooch so viele Abmahnungen schreiben, dat Se sich de Wände damit zukleistern können, und hat gleich losjeleecht. Da ha'ick jedacht, Appel und Ei, ick gloobe, meen Hamster bohnert, und meen Männe dreht ooch schon durch. Und da bin ick den eenen Morjen eenfach uffjestanden und wegjejangen. Habe mir da nich' mehr blicken lassen. Besser'n Ende mit Schrecken als'n Schrecken ohne Ende ha'ick mir jesacht. Schlimmer kannet nich' mehr wer'n. Hier, meene Herrn, verstehnse, jibtet ooch für `ne Frau en anständijet Jehalt, dat für 'ne Familje ausreicht. Und det is mir erst mal de Hauptsache. Und wat de Arbeet anjeht, ha'ick schon jesacht, kannick wat - ham se bei Ihnen ja ooch schon jemerkt, sonst wär' ick ja nich' hier. Könnten wir ma' davon ausjehn? (So etwas kann man gar nicht von sich geben.)

Haben uns also irgendwie besprochen. Ich kann mich nicht mehr richtig daran erinnern. Dieser Dr. König und sein Mitarbeiter erzählten ein bißchen was und fragten mich ein bißchen aus. Eine Art Musterung. Sein Mitarbeiter ließ mich einen Blick auf einige Tabellen werfen, und ich sagte, daß mir so etwas nicht fremd sei. Entsprechendes hätten wir zu Hause für unsere Kontoführung auch erstellt. Damit prüften wir die Kontoauszüge, ermittelten die zu erwartenden Bestände (wir haben zwei Konten) und disponierten gegebenenfalls um, so, zum Beispiel, daß uns keine unnötigen Überziehungszinsen entstünden (derart ausführlich habe ich dies nicht geschildert). Ich wurde gefragt, ob mir klar sei, daß der Posten ein neuer Posten sei, dem noch kein Gehalt zugeordnet sei. Sei mir egal, ich meine, is' klar. Das würde erst demnächst stattfinden. Ich müßte mir darüber im klaren sein, daß es für mich zu einer Einbuße von zwei Gehaltsgruppen kommen könne. Konnte ich mir nicht denken (das habe ich nicht gesagt), weil es bei all dem Ermitteln, Prüfen und Disponieren um selbständig ging und um Anwendung eigenen Urteilsvermögens. Gesagt habe ich etwas in der Richtung, das wird die zuständige Kommission schon richtig machen.

Schließlich ließen die Herren durchblicken, es sähe ja so aus, als würde die Sache passen. Tüllich. Sie würden mich in der Kreisstadt im Betrieb anrufen und mir ihre Entscheidung mitteilen, ob das recht sei? Klaro. Der Mitarbeiter von Dr. König hat mich anschließend noch mit in sein Arbeitszimmer genommen und telefonisch einen potentiellen Kollegen von mir herbeigerufen und uns bekannt gemacht. Schien nicht unsympathisch, habe mit diesem noch ein bißchen über Tabellen geredet. Die hatte der nämlich eingerichtet.

Daß es um den Posten genau einen Mitbewerber gab und um wen es sich dabei handelte, hörte ich, glaube ich, aus der Personalabteilung Zentrale. Was natürlich keinen Einfluß auf den Entscheidungsprozeß hatte und offenbar auch sowieso nicht ganz stimmte - was ich später erfahren habe. Diesen Mitbewerber, jedenfalls, kannte ich. Es war einer der beiden kaufmännischen Auszubildenden im Betrieb, die von der Personalabteilung ja besonders betreut werden und die ihre Prüfungen eben erfolgreich beendet hatten. Und zwar jener (ehemalige) Auszubildende, der (trotz Übernahmezusage) wenig später ein Studium aufnahm (allerdings nicht ohne hin und wieder in der Buchhaltung auszuhelfen), jener, dessen Vater in der Zentrale ein ziemlich hohes Tier war. Übrigens mit jenem Mitarbeiter dieses Dr. König befreundet, wie ich später hörte.

Der Mitarbeiter dieses Dr. König war es auch, der mir steckte, will ich mal sagen, daß man für den Posten zunächst an jemand Bestimmtes gedacht hatte. Sie wissen - so ähnlich drückte er sich aus -, daß wir seit kurzem auch unser Rohöl selbst vermarkten. Vielleicht wissen Sie aus der Personalabteilung aber auch, daß der neue Posten - der ja durch diese Umstrukturierung zustande gekommen ist - leider keine zusätzliche Stelle bedeutet. Vielmehr müsse dafür ein anderer Posten gestrichen werden. Und das sei die Stenokontoristin in der Abteilung. Vermutlich hätte ich schon bemerkt, daß ein Teil der entsprechenden Aufgaben in den neuen Posten eingeflossen sei. Zuallererst, jedenfalls, habe man jene Stenokontoristin angesprochen. Die aber habe den Posten nicht gewollt, und man habe sich daher mit ihr dahingehend geeinigt, daß sie die Firma verlassen werde, sobald sie eine passende Stelle gefunden habe (war mir schleierhaft).

Mitbewerber hin oder her, nicht zugetraut, nicht gewollt oder anders überlegt, jedenfalls waren beide irgendwann nicht mehr in Frage gekommen. Spätestens in dem Moment, als feststand, in welche Gehaltsgruppe der neue Posten nun tatsächlich einzuordnen war. Höher als erwartet, nämlich. Ich erhielt den Anruf. Abteilung Verkauf, Zentrale. Von diesem Mitarbeiter dieses Dr. König. Ich könne bei ihnen anfangen. Und ob das auch schon früher ginge als ersten fünften, die Arbeit würde nicht weniger. Vielleicht gleich nächsten Montag, fünfzehnten vierten? Auch das ließ ich mich nicht zweimal fragen.

Ich fasse zusammen: Laufender verlängerter befristeter Anstellungsvertrag ersetzt durch unbefristeten Anstellungsvertrag, aufgrund der mit mir geführten Gespräche und mit Wirkung vom ersten fünften. Angetreten jedoch schon am fünfzehnten vierten. Beweis, zum Beispiel, meine Abrechnung von Dienstreisekosten, Zeitraum April. Dienstreisen an zwölf Tagen in diesen Seehafen hier, Reiseantritt jeweils sieben, Rückkehr jeweils achtzehn Uhr. Sachlich geprüft und genehmigt wurde diese Abrechnung in meiner neuen Abteilung.

Sie kann sich nach wie vor nicht zweiteilen und erweist sich als weniger seßhaft als erwartet.

vier

Fünfzehnter vierter, also, Montag. Frühstück gemacht, das Kind geweckt, meinen Ehemann geweckt. Mit dem Fahrrad zum Bahnhof, in den Zug, in den Seehafen, in die Firma. Personalabteilung, den Vertrag gegenzeichnen. Die ersten sechs Monate gelten als Probezeit. Das Arbeitsverhältnis endet automatisch mit Ablauf des Monats, in dem das Pensionsalter erreicht wird (ich war zweiunddreißig). Entgelt entsprechend dem neuen Posten, für den Anfang um eine Gehaltsgruppe gekürzt. Siehe Tarifvertrag Punkt römisch zwei, Eingangsstufen (aber lassen Sie sich den richtigen zeigen). Stichwort neueingestellte Arbeitnehmer. Bezogen auf den vorherigen Vertrag eine vorübergehende Einbuße von einer Gehaltsgruppe. Eine Ausfertigung für mich, mein Mitarbeiterhandbuch und alles Gute.

Ein Stockwerk tiefer, Abteilung Verkauf. Der Mitarbeiter dieses Dr. König - mein neuer Vorgesetzter - freute sich und sagte zu mir: "Jetzt haben wir Sie erst mal in trockenen Tüchern!" (es war sein Geburtstag). Ich wußte nicht, was er meinte. Schön, jedenfalls, daß man hier trockene Tücher vorhielt. Auch wenn ich mich diesbezüglich selber versorgen kann. Was meinen neuen Vorgesetzten betraf, hatte der jetzt zwei Mitarbeiter, einen davon auf Probe.

Einer netten Geste meines neuen Vorgesetzten verdanke ich es, daß ich einen gewissen Herrn Frasch kennenlernte. Seine Biographie, vielmehr, die mein neuer Vorgesetzter einmal von einem Geschäftsfreund geschenkt bekommen und sich offenbar überlegt hatte, mir als Einstieg in mein neues Arbeitsgebiet leihweise zu überlassen. Es handelte sich um ein Buch in einer eher ungewöhnlichen

Ausführung, nämlich breiter als hoch, mit einem dicken Einband, und war - wenn ich mich richtig erinnere - aus den zwanziger Jahren. Ich las es während ein, zwei Zugfahrten. Dieser Herr Frasch, jedenfalls, wurde Mitte des letzten Jahrhunderts in einer Kleinstadt in Württemberg geboren und machte sich bereits als Jugendlicher auf den Weg nach Amerika. Dort begann seine Karriere, sag' ich mal, damit, daß er sich hinter eine Sache klemmte, die ihn interessierte. Und er hatte das Glück, an jemanden zu geraten, der diese Absicht erkannte und ihm behilflich sein konnte. Es handelte sich um einen Apotheker, in dessen Laden der junge Frasch eines Tages hineinmarschierte und um Arbeit bat, oder um eine Lehrstelle, ich kann mich nicht mehr genau erinnern. Ich glaube, dieser Umstand wurde so dargestellt, daß sich Frasch durch eine abendliche Stadt bewegte und in dem Gedanken an eine Arbeit auf jene Apotheke stieß, in der Licht brannte, und wo all die beschrifteten Behälter in den Regalen aufgereiht standen, wie man sie dort eben vorfindet. Dieser Anblick war es, der sein Interesse weckte. An der Chemie, und da dieser Apotheker ihn einstellte, blieb er dabei. Eine Art Besessener, Sie wissen schon. Alle Gedanken auf diese Wissenschaft gerichtet. In dem Buch wurde außerdem ausführlich beschrieben, auf welche Weise er später eine Idee für ein bestimmtes Verfahren verwirklichte, welche Schwierigkeiten er dabei hatte und wie er damit schließlich ein Vermögen machte und zu einem begehrten wissenschaftlichen Berater wurde, der es einem ganzen US-amerikanischen Industriezweig ermöglichte, von Importen aus der alten Welt unabhängig zu werden. Frasch scheint sich dabei auch dafür interessiert zu haben, welche Folgen diese Abnabelung hier hatte, in Italien vielmehr, und hat sich - wenn ich mich richtig erinnere - mit seinem Vermögen für eine Übergangsregelung eingesetzt, so daß der dortige unvermeidliche Produktionsrückgang in seinen

Auswirkungen abgefedert werden konnte. Klar war aber, daß die Entwicklung unumkehrbar sein würde.

Es geht um Schwefel, unvergleichlicher Stoff. Ich habe sagen hören, wo der manchmal auftaucht, das glaubt man nicht. Als wenn er aufwärts fließt. Mein neuer Vorgesetzter bewahrte etwas davon in seinem Schrank auf. Brockenweise und zu Kügelchen und Pillen erstarrt (Material zur Anschauung). Als weiteres didaktisches Mittel hatte er einen Stapel Tortendiagramme parat, die er mit mir durchgegangen ist. Ebenfalls als Einstieg. Hierzulande wird Schwefel nicht gewonnen, sondern er fällt an. Vergleichbar Thomasschlacke, schätze ich. Produktion wird das genannt. Mengen, jedenfalls, die verplant sein wollen. Nicht mehr und nicht weniger. Jedoch ein recht beachtliches Verkaufsprodukt, sagte mein neuer Vorgesetzter. Ich, eigentlich, soll zusehen, daß es läuft, und sofort Laut geben, wenn ich meine, es läuft nicht.

Was nämlich nicht geschehen darf, also was nie, niemals vorkommen darf, ist eine Beeinträchtigung. Nicht und nie und nimmer. Und zwar der Erdgasreinigung. Daß also die Entschwefelung beeinträchtigt wird. Und das haben wir, wenn die Tanks voll sind. Weil, nämlich, das eigentliche Geschäft der Gasverkauf ist. Die Hauptaufgabe, die von Dr. König. Und er selbst als Schwefelverkäufer stehe für Liefersicherheit. Die Kunden erwarten Liefersicherheit. Unser Hauptargument, die kostet den Preis. Klaro.

Aus der Firma, zum Bahnhof, in den Zug, in die Kreisstadt, mit dem Fahrrad nach Hause (Trennungsentschädigung erhalten und wahrscheinlich auf dem neuen Sofa gesessen). Frühstück gemacht, das Kind geweckt, meinen Ehemann geweckt. Mit dem Fahrrad zum Bahnhof, in den Zug, in den Seehafen, in die Firma.

Mein neuer Kollege, Herr Junge, hatte in seinem Arbeitszimmer eine eindeutige Karikatur hängen. Sie zeigte zwei Ruderboote in Seitenansicht, jeweils mit Untertitel.

Das eine sollte ein Olympia-Achter sein und war als Doppel-Achter gezeichnet: die Skulls im Gleichtakt, der Steuermann mit Flüstertüte, soweit klar. In dem anderen Boot saßen auch neun Leute, jedoch acht davon an der Flüstertüte und nur einer an den Skulls. Dies sollte der Konzern-Achter sein.

Herr Junge kam mir vor wie ein Feldherr in der Kommandozentrale, umgeben mit Dingen von Belang. Man sah, dort tat sich etwas, dort schien jemand ein ereignisreiches Gebiet fest im Griff zu halten. Karten hingen an den Wänden, eine große Magnettafel mit Jahresübersicht (beschriftet und mit farbigen Markierungen) und Merkzetteln über Merkzetteln, Hand- und Fachbücher im Regal, stapelweise Papier hier und dort, Telefon mit umfangreichem Nummernspeicher, Diktiergerät und maschineller Rechner und Drucker.

Herr Junge hatte zu leiden, das sah man. Seine Fingerknöchel waren ständig wundgebissen. Er und unser Vorgesetzter waren sich offenbar auch nicht grün. Warum das so war, kann ich nur vermuten. Tatsache ist, daß Herr Junge ("noch in der Hoffnung auf den Endsieg gezeugt", haha) schon zehn Jahre länger in dem Bereich tätig war als unser Vorgesetzter. Und er schien diesen für einen hoffnungslosen Opportunisten zu halten. Jawohl, Herr Dr. König, kommentierte er dann und wann eine ihm vorgesetzte Entscheidung und schlug dabei die Hacken zusammen, oder empfand nach, wie unser Vorgesetzter ergeben mit dem Kopf nickte: Ganz Ihrer Ansicht, Herr Dr. König. Herr Junge fand: "Den muß man so verbrauchen wie er ist", was in einem gewissen Gegensatz stand zu dem Zustand seiner Fingerknöchel.

Unser Vorgesetzter wiederum, Mitte fünfzig, bezeichnete Herrn Junge als das Faktotum, dessen lange Erfahrung "im Schwefel" überaus nützlich sei. Er war - ich übersetze - Leiter und bereits seit fast vierzig Jahren im Betrieb beschäftigt (Herr Junge war - ich übersetze wieder - Berater und ein Viertel Jahrhundert dort.). Ich könnte Ihnen das Organigramm zeigen, das bald darauf neu herauskam. Da wundert man sich, denn es sagt sozusagen aus, mein Vorgesetzter ist Leiter Verkauf Äpfel und Birnen, und Dr. König als sein Vorgesetzter (ein Jahr jünger als Herr Junge) ist Leiter Verkauf Obst. Da waren noch jene Kirschen, nicht wahr, also nicht äquivalent diese Mengen. Die eine vielmehr eine Teilmenge der anderen. Aber seltsam war das doch: Leiter-Leiter? Beziehungsweise Null-Leiter?

Jedenfalls mißfiel meinem Vorgesetzten wenigstens eines: Herr Junge wurde Betriebsrat, dann sogar stellvertretender Betriebsratsvorsitzender, und war am Arbeitsplatz immer seltener anzutreffen.

Wenn ich im Geist den Flur hinuntergehe und rechts und links in die Arbeitszimmer sehe (die Türen standen meist offen), muß ich sagen, daß es sich bei den Leuten in der Abteilung um eine recht gemischte Truppe handelte, bestehend aus etwa zwanzig Personen. Darunter - wenn man einmal vom Sekretariat absieht - zwei Frauen, nämlich meine Kollegin aus der Administration und ich. Manches Mal sind wir alle im Besprechungszimmer zusammengekommen, zum Beispiel anläßlich von Geburtstagen, was in gewisser Weise erbaulich war. Am gemeinsamen Mittagessen und anschließendem Kaffeetrinken habe ich von Anfang an teilgenommen, wie mein neuer Vorgesetzter es mir damals anboten hat. Heute kann ich dazu feststellen, daß ich es war, die dies am häufigsten getan hat (die Gruppe Sekretariat und die Gruppe Administration nahmen generell nicht teil, meine Gruppe aus verschiedenen Gründen nur sporadisch, aber ein älterer Mitarbeiter von Dr. König und die meisten Ingenieure, sofern sie im Hause waren, gingen wirklich regelmäßig). Heute würde ich beinahe so weit gehen zu behaupten, daß ich es war, die dieses mittägliche

Zusammentreffen überhaupt aufrecht erhalten hat. Meist sah ich zur vereinbarten Zeit bei jenem älteren Assistenten vorbei, und wir rollten dann das Feld von hinten auf, indem wir uns hier und da bemerkbar machten und mit der Essensmarke wedelten, oder etwas in der Form. In der Kantine belegten wir meist ein und denselben Tisch, der sich mehr oder minder füllte. Wechselnde Variationen aus bis zu zwölf Personen. Es war die Ausnahme, daß sich jemand aus einer anderen Abteilung hinzugesellte. Anschließend gingen - bis auf jenen älteren Assistenten - in der Regel alle in die angrenzende Cafeteria, wo man sich eine Tasse nahm, aus einem großen Behälter Kaffee einfüllte und gemeinsam an einen der runden Tische setzte. Dort wurde auch geraucht. Wechselnd zusammen-gesetzte Gruppen aus bis zu zwölf Personen am Mittags-tisch. Ich habe nachgerechnet. Korrigieren Sie mich, wenn ich falsch liege. Für mich als regelmäßige Teilnehmerin (ich war zu kaum mehr als einem Prozent der Zeit auf Dienstreise) ergeben sich mögliche Variationen jeweiliger Gegenüber von zwei hoch elf, was zweitausendachtund-vierzig Variationen sind. Außerdem noch die Möglichkeit, daß ich dort allein sitze, was auch vorgekommen ist. Ich sage Ihnen, fünfmal mehr Variationen, als ich dort aller Wahrscheinlichkeit nach erlebt habe.

Aus der Firma, zum Bahnhof, in den Zug, in die Kreisstadt, mit dem Fahrrad nach Hause (Trennungs-entschädigung, Sofa?). Frühstück gemacht, das Kind geweckt, meinen Ehemann geweckt. Mit dem Fahrrad zum Bahnhof, in den Zug, in den Seehafen, in die Firma.

Um das abzukürzen: Wir sind umgezogen, Schluß mit der Fahrerei, ich bin doch nicht blöd. Zur Firma vierzehn Minuten U-Bahn. Nach sechs Wochen war das. "Jetzt schon?", hat mein neuer Vorgesetzter gefragt.

fünf

Dreimal umgezogen ist wie einmal abgebrannt. Was uns betrifft, ist dieser Vergleich nur bedingt richtig. Immerhin kann ich eine ganze Reihe von Sachen aufzählen, die wir von unserem Ausgangspunkt in diesen Seehafen hier herübergerettet haben. Als da sind die Seemannskiste meines Großvaters, die im Moment ungenutzt auf dem Söller steht und in jedem Fall einer Reparatur bedarf, eine gelbe Kinderbadewanne, in der ich Wäsche transportiere, eine alte Nähmaschine mit Fußantrieb, die wir hin und wieder benutzen, zwei Federbetten, ein großer und ein kleiner Teppich, beide nicht im besten Zustand, ein hölzerner Salzstreuer plus Pfeffermühle sowie ein Käsebeilchen, die wir zur Hochzeit bekommen haben, ein hölzernes Tablett, wovon ich noch ein zweites hatte, ein Teil unserer Bücher und Landkarten, ein altes Schachbrett, in dessen Rückseite wir ein Mensch-ärgere-dich-nicht-Spiel für drei Personen geritzt haben, ein paar Werkzeuge wie Hammer, Kombizange und Schraubendreher, ein alter Emailleeimer und eine Blechkanne, mit deren Hilfe ich unsere Pflanzen wässere, ein kleiner, silberner Aschenbecher, der eigentlich der Deckel eines Milchkännchens war, der Locher, ein paar Fotos und ein paar Papiere. Mir alles Beweise dafür, daß ich nicht geträumt habe, und von Siebensachen kann man dabei auch nicht sprechen.

Ich hatte mir zwei Wohnungen angesehen und diese hier bekommen. Den Vertrag habe ich mehr oder weniger blanko unterschreiben müssen, aber das kenne ich nicht anders. Wohnungen, das ist mein Eindruck, sind so gut wie nicht zu finden. Mein Schwiegervater und sein Vetter kamen aus der Stahlstadt her, und wir haben hier innerhalb von einer Woche durchrenoviert. Jedenfalls das Nötigste gemacht, denn es war nicht eine einzige Tapete an den Wänden. Dafür gab es neue Elektroleitungen und Gasheizung. Wir heizen nämlich jetzt mit Gas. Ist praktisch, kann man sagen. Das hatten wir wahrlich auch schon mal anders. In der Stahlstadt, zum Beispiel. Eine größere Wohnung, aber Ofenheizung. Zwei Öfen, Küche und Stube. Später haben wir in das andere große Zimmer auch noch einen gestellt. Was glauben Sie, wie das war, im Winter, mit einem Kleinkind? Ich will nicht sagen, ich hatte schon den halben Sommer Angst davor, aber wir hatten die Bude halt selten warm. Wenn schon, zimmerweise. Machen wir jetzt allerdings auch so. Wo wir nicht sind, ist nichts an. Haben immer ein paar Klamotten mehr getragen und abends Decken umgehängt. Wie das war mit dem Heizen, kam darauf an, welche Schicht mein Ehemann hatte und ob es ein Wochentag war. Frühschicht hieß, gegen vier aufstehen, anziehen, Kaffeewasser aufsetzen, den Küchenofen reinigen und frisches Feuer anmachen. Papier, Holz, Eierkohlen, unten die Klappe auf, oben die zu. Hat immer lustig gebrannt, Tür zu. Dann Frühstück machen und Stullenpakete. Ofen, Koks obenauf und Klappe zu. Wärme hielt sich allerdings noch in Grenzen. Mit meinem Ehemann frühstücken, bis dann. An Wochentagen war für mich Schule (man versucht ja, seine Fähigkeiten zu entwickeln), deshalb noch Hausaufgaben zu machen. Gegen sechs das Kind wecken, schlief neben der Küche, dort Wärme hereinlassen. Es frühstücken lassen, mit ihm Anziehen machen. Ofen, Koks nachschütten, Jacken an und in den Keller, Fahrrad holen. Mit dem Kind zum Kindergarten, tschüß mein Kind. Dann zum Bahnhof fahren und in die Fremdsprachenschule, vor zwei wieder zu Hause, Koks nachschütten, Klappe offen lassen, ein bißchen herummachen in der Wohnung, noch mal Koks, Klappe zu, auf die Türen achten. Aufs Fahrrad, das Kind vom Kindergarten holen. Warm, in der Küche und im Kinderzimmer. Achte auf die Türen, der Ofen ist an. Aber wenn mein Ehemann Mittagschicht hatte, war es anders, und wenn er Nachtschicht hatte, war es auch anders, und als dann die Roheisenproduktionsverlagerung war und er über dreißig Kilometer fahren mußte und nicht mehr am Hochofen war, sondern an der Sinteranlage, war es auch anders, und als ich dann immer zweiundvierzigeinhalb Kilometer in die Kreisstadt bin, zur Wassertechnik, und mein Ehemann Frühschicht hatte oder Mittagschicht oder Nachtschicht, war es verdammt auch anders. Und abends erst recht. Weil ich immer erst Viertel nach fünf zu Hause war, außer freitags schon um Viertel nach zwei. Ich weiß, wie das war. Meine Tochter hat einen Ausdruck erfunden: hervorragend beschissen (aber die Erfahrung möchte ich nicht missen).

Unsere Villa hier würde ich Ihnen gern mal zeigen (mittlerweile haben wir auch schon ein bißchen mehr gemacht), vierter Stock rechts. Ein mächtiger Block, von neunzehnhundertfünfundzwanzig. Witzig ist, daß man über den kleinen, unsymmetrischen Flur jeden Raum erreichen kann (das Bad ausgenommen) und daß jeder dieser Räume wiederum durch eine weitere Tür verlassen werden kann (die Toilette ausgenommen). Man kann praktisch vom Flur aus durch die erste Tür rechts ins Schlafzimmer gehen und von dort durch die Flügeltür ins Wohnzimmer, von dort durch die zweite Tür wieder auf den Flur, dann durch die dritte und mittlere Tür in die Küche, dort über den kleinen Balkon (hier ist auch das Toilettenfenster) in Töchtings Zimmer (woran sich auch das Bad anschließt) und von dort durch die fünfte und letzte Tür wieder auf den Flur hinaus (dort finden Sie auch einen Grundriß). Anregend ist außerdem, daß alle Türen (die Balkontüren ausgenommen) in den oberen zwei Fünfteln Ornamentverglasung haben, die durch Streben derart unterteilt ist, daß sich

27

rechtwinklige Dreiecke ergeben. Anregend deshalb - wem sage ich das -, weil das zusätzlich Licht gibt. Auch kann man mit einem Blick sehen, wo brennen welche Lampen, ist jemand im Bad oder auf der Toilette, brennt unnütz Licht, kommt jemand die Treppe herauf nach oben, zum Beispiel der Zeitungszusteller - pang!, oder dergleichen. Wir haben die Türen weiß gestrichen, mattweiß. Beschläge und Klinken sind aus Messing. Auch interessant sind die Eckfenster in der Stube, die bei Dunkelheit Spiegelungen hervorrufen, so daß man zum Beispiel meint, der Mond stünde im Norden. Genau unter uns befindet sich eine Kreuzung Ring zwei (zirka sechzigtausend), darüber U-Bahn-Gleise (oberirdisch) und Güterumgehungsstrecke (zunehmend), ansonsten ist hier viel Grün, auch ein Fluß. Wir meinen, daß die Stadt hier eigentlich zu Ende ist, weil man über den Ring hinweg einen weiten Ausblick hat. Hinten ist der Flughafen (die Bewegungen erfolgen aber meist nicht in dieser Richtung). Ich könnte Ihnen auch etwas über die Bilder sagen, die bei uns hängen, wir haben sie nach und nach zusammengetragen.

Zur Firma vierzehn Minuten U-Bahn. Also hat mein Ehemann seine Umschulung Industriekaufmann in der Landeshauptstadt abgebrochen, mit der Zusicherung allerdings, daß er sie hier würde fortsetzen können, unsere Tochter besucht fünf Minuten entfernt das Gymnasium und spielt Saxophon und Gitarre, und ich habe endgültig meine freiberuflichen Übersetzungen aufgegeben. Nix mehr unsere nach dem System der Umkehrosmose arbeitenden Meerwasserentsalzungsanlagen werden in sehr raumsparender Kompaktbauweise gefertigt.

Sie macht ihre Arbeit und trägt ihr Halsband. Das kleine
Männchen hockt am Fenster.

sechs

Also stellen Sie sich vor, da ist ein Schwefelsee. Dahinten.
Gelb allemal und heiß. Durch einen Zufluß gespeist, fließt
und fließt und fließt. Als würde auf meiner
Güterumgehungsstrecke alle halbe Stunde ein Kesselwagen voll vorbeikommen. So ein ziemlich großer, ja? Tag
und Nacht. Und ich würde an meinem Küchenfenster
sitzen und hinaussehen. Jede halbe Stunde käme ein
Kesselwagen voll vorbei. Ich kann ja rechnen. Ich würde an
meinem Küchenfenster sitzen und vielleicht rechnen: Wenn
der See jetzt trocken wäre (was natürlich nie geschehen
darf), hieße dies, ich kann hier fünfundvierzig Tage sitzen.
Nächte auch, und das sind anderthalb Monate. Und jede
halbe Stunde käme ein Kesselwagen voll vorbei, und dann
wäre der See voll, Schwefelsee voll. Ende Gelände, und das
ist bekannt, was das heißt. Aber.
  Ich kann ja rechnen. Jede halbe Stunde käme ein
Kesselwagen voll vorbei. Aber von dem Schwefel ist nur ein
Drittel meiner. Ich sage das so, meiner. Aber das steht fest:
nur ein Drittel. Könnten Sie sich auch das vorstellen? Das
heißt, ein Drittel von mir und zwei Drittel (im wesentlichen)
von einem anderen. Und jede halbe Stunde käme ein
Kesselwagen voll vorbei. Und das bedeutet, nach
fünfundvierzig Tagen ist Ende Gelände, Schwefelsee voll.
Aber.
  Mein Vorgesetzter ist Schwefelverkäufer. Er sitzt also
irgendwo und verkauft Schwefel. Kesselwagenweise, ach
nein tonnenweise. Und da mein Vorgesetzter rechnen kann,
sitzt er also irgendwo und rechnet: Alle halbe Stunde
kommt ein Kesselwagen voll und davon ist ein Drittel

meiner. Vielleicht sagt er meiner. Und das bedeutet, ich verkauf' davon so viel ich kann. Hätte sich vielleicht jeder gesagt. Und genau das macht er also. Aber.

Kriegt mein Vorgesetzter so kesselwagenweise nur die Hälfte los. Sitzt er also irgendwo und rechnet: Das bedeutet, wenn ich hier zweiundzwanzig Tage sitze und dann noch zwölf Stunden, kommt alle halbe Stunde zwei Drittel Kesselwagen und nichts davon ist meiner. Und wenn ich dann wieder zwölf Stunden sitze und dann noch zweiundzwanzig Tage, kommt alle halbe Stunde ein Kesselwagen voll und davon ist ein Drittel meiner. Er schätzt: Und das bedeutet, nach fünfundvierzig Tagen ist fast Ende Gelände, Schwefelsee fast voll. Er rechnet, nein er weiß: Und dann kommt wieder alle halbe Stunde zwei Drittel Kesselwagen und nichts davon ist meiner. Und er rechnet: Zweiundzwanzig Tage und dann noch zwölf Stunden kommt alle halbe Stunde zwei Drittel Kesselwagen und nichts davon ist meiner. Fehlen also zweiundzwanzig Tage und dann noch zwölf Stunden alle halbe Stunde ein Drittel Kesselwagen und der war meiner. Heißt, elf Tage und dann noch sechs Stunden zwei Drittel Kesselwagen, nichts davon ist meiner, und dann ist Ende Gelände, Schwefelsee voll. Aber.

Ein ganz entscheidendes Aber: Kriegt mein vorgesetzter Schwefelverkäufer so kesselwagenweise also nur die Hälfte los. Hat er noch den Hafen. Sitzt er also irgendwo und denkt: Alle halbe Stunde kommt ein Kesselwagen voll und davon ist ein Drittel meiner. Krieg' ich nur die Hälfte los, hab' ich noch den Hafen. Also soll ein Tanker kommen, abgemacht. Aber.

Kriegt mein vorgesetzter Schwefelverkäufer so tankerweise davon höchstens nur ein Drittel los. Sitzt er also irgendwo und denkt: Hab' ich ja noch den Hafen, mach' ich also Berg draus. Vielleicht denkt er mach' ich. Also Berg, Hafenberg. Schwefelpillenhafenberg mach' ich draus. Also: Alle halbe Stunde kommt ein Kesselwagen voll und davon ist ein Drittel meiner. Krieg' ich nur die Hälfte los, hab' ich noch den Hafen. Kommt der Tanker, krieg' ich damit höchstens noch ein Drittel los, mach' ich also Schwefelberg. Aber.

Steter Tropfen macht den Berg, Schwefelpillenhafenberg. Hab' ich dafür steten Tropfen, mach' ich Berg. Muß ich also warten. Drei Tage Tropfenwarten, ein Tag Berg, wieder warten. Oder gleich fünf Tage Tropfenwarten, zwei Tage Berg, wieder warten. Oder gleich sieben Tage Tropfenwarten, drei Tage Berg, wieder warten. Bis zweihundert und einen Tag Tropfenwarten, hundert Tage Berg, ist der Berg oben. Und dann ist Ende Gelände, und das ist bekannt, was das heißt. Aber.

Mein Vorgesetzter ist also Schwefelverkäufer. Er sitzt irgendwo und verkauft Schwefel. Kesselwagenweise oder tankerweise, ach nein tonnenweise. Und mein Vorgesetzter kann also rechnen und rechnet: Alle halbe Stunde kommt ein Kesselwagen voll und davon ist ein Drittel meiner. Doch krieg' ich kesselwagenweise nur die Hälfte los und tankerweise von der anderen Hälfte höchstens nur ein Drittel, aber hab' ich Berg. Also muß ein Frachter kommen, abgemacht. Krieg' ich so frachterweise auch den Rest noch los.

Also Abwickeln. Ich als Sachbearbeiterin Schwefel- und Rohölverkauf habe mich da reingefuchst. Kettenrechnen und Anfragen beantworten. Kommt mein Vorgesetzter und fragt, wie ist das, wenn ich so kesselwagenweise nicht die Hälfte, sondern nur ein Drittel loskrieg'? Wenn nicht noch ein Tanker kommt, wieviel Frachter müssen kommen? Oder mein Vorgesetzter kommt und fragt, wie ist das, wenn dieser Kesselwagenkunde nächstes Halbjahr das Doppelte bekommt? Und wenn dann ein Tanker kommt, wann kann dann ein Frachter kommen? Oder er fragt, wenn der Tanker dreimal kommt, wann kann dann ein Frachter kommen? Oder, wenn der Frachter dreimal kommt, wann kann dann der Tanker kommen? Kann ein großer Frachter kommen? Wann kann dann ein kleiner kommen? Und so weiter. Mein Vorgesetzter hatte viele solcher Fragen. Und.

Und ich hatte darauf zu achten, was die Partner machen, insbesondere der andere große Produzent. Daß er nicht von unserem Anteil nimmt, vorübergehend nur nach Absprache. Und Zusagen machen mußte ich für ihn, auch für ihn. Tanker kann kommen, Frachter kann kommen, dann und dann. Denn im Hafen sitzen unsere Leute, und wir regeln das. Genau: ich. Meister, wie steht's? Ist die Verladung gut gelaufen? Was macht die Bandanlage? Meister, ich kann diese Woche nur wenig zufahren lassen, wir brauchen den Schwefel woanders. Ich schicke den neuen Hafenplan. Partner, wir fahren also sounsoviel zu. Für euern Tanker und dann für unsern Tanker. Partner, mit der Verfestigung müssen wir aber nächste Woche anfangen. Drei der Bänder werden zur Zeit überholt, wir brauchen länger. Ja, ich schicke euch den Hafenplan.

Im großen und ganzen lief das Geschäft nicht gut, denn die Abnahmen der Kesselwagenkunden waren rückläufig (aber alle halbe Stunde kommt ein Kesselwagen voll vorbei). Derart rückläufig sogar, daß die meisten von ihnen Gefahr liefen, das für das Jahr vertraglich vereinbarte Abnahmeminimum nicht zu erreichen (und davon ist ein Drittel meiner). Mein Vorgesetzter, diesmal unterstützt nicht durch Herrn Junge, sondern durch Dr. König persönlich, brachte von den Halbjahrespreisverhandlungen mit diesen Kunden die Erkenntnis mit, Tendenz weiter fallend (und nach fünfundvierzig Tagen wäre Ende Gelände, Schwefelsee voll). Hinzu kam, daß die Eigner der Tanker in Erwägung zogen, diese demnächst nicht weiter zu betreiben (kriegt mein vorgesetzter Schwefelverkäufer so tankerweise überhaupt nichts mehr los). Und da der Partner in vergleichbarem Maße betroffen war (krieg' ich nur frachterweise auch den Rest noch los), entschloß man sich dazu, die gemeinsamen Hafenanlagen entsprechend auszubauen (notfalls mach' ich Gebirge draus, Schwefelpillenhafengebirge).

Mein Vorgesetzter beschäftigte mich diesbezüglich mit immer neuen Anfragen und den entsprechenden Kettenrechnungen. Kesselwagenweise, tankerweise, frachterweise. Man versuchte herauszufinden, wie groß die neuen Kapazitäten sein müßten. Und dazu gab es viele Überlegungen. Chefsache. Und wie muß der Übergang gestaltet werden, bis bei sinkendem Kesselwagengeschäft die neuen Kapazitäten da sind? Auch dazu gab es viele Überlegungen. Kesselwagenweise, tankerweise, frachterweise. Und nebenbei lief das Tagesgeschäft natürlich weiter. Aber ich habe ja Geduld, Stehvermögen und einen Rechner zur Verfügung. Also fragen Sie mich mal was Schweres.

Sie macht ihre Arbeit und trägt auch ihren Fingerring. Das kleine Männchen hockt wohl am Fenster.

sieben

Auf welche Weise man vorankommt, wenn man sich für eine Sache interessiert, wenn man sich auf sie einläßt und sie weiterverfolgt, läßt sich von vorneherein nicht sagen, manchmal nicht einmal mehr nachvollziehen. Das eine oder andere Gespräch mag dienlich gewesen sein, mit einem kundigen Gegenüber.

Besuch, stelle ich mir vor, Besuch von Herrn Frasch, dem Schwefelkönig. Denn dieser, jedenfalls, hätte sich für meine Arbeit interessiert. Und wenn es nur aus dem Grunde gewesen wäre, ab und an einen kleinen Rundgang um jenen See zu unternehmen, um, sag' ich mal, sich eine Nase voll von dem Stoff zu holen. Dazu ein bißchen Fachsimpeln, vielleicht, mit der Indianerin. Nichts weiter. Hätte die vielleicht Pluto erwähnt. So kommt eins zum anderen.

Monatlich, wär' das nichts? Besuch vom Schwefelkönig etwa monatlich?

Wenn ich ihn dann bemerkte, hatte er gewöhnlich bereits mir schräg gegenüber auf dem Besucherstuhl Platz genommen. "Na, Ma'am, was macht die Kunst?", pflegte er zu fragen. Allet in Butter soweit, werde ich gesagt haben, et looft, denn das entsprach den Tatsachen. Nächste Frage: "Was ist hier das Wichtigste?" Det Jasjeschäft, Sir, lautet die Antwort. "Sehen Sie", sagte er, Zustimmung und Aufforderung zugleich, und ergänzte: "Gehen wir also zum Schwefelgeschäft über". Was häufig damit begann, daß Herr Frasch mich fragte, was ich da im Moment auf dem Bildschirm hätte. Meene Kettenrechnungen, werde ich gesagt haben, denn das war es meist. Bei jenen Berechnungen sah Herr Frasch mir gerne zu. Ich glaube,

35

ihn faszinierte die Geschwindigkeit, mit der das vor sich geht. "Jeschwindichkeit is' keene Hexerei, nich' wahr?", konnte ich mir einmal nicht verkneifen anzumerken. "Blanke Physik", sagte Herr Frasch, "Ich frage mich nur manchmal, wenn ich mich so eines Gerätes hätte bedienen können, was ich damit wohl angefangen hätte. Aber diese Frage erübrigt sich wohl, und deswegen verfolge ich sie auch nicht ernsthaft. Methode", betonte er, "Für mich ist Methode entscheidend. Die Ausführungsgeschwindigkeit ist dem untergeordnet. Blanke Physik, wie ich schon sagte", und er fuhr fort: "Also, Ma'am? Welche Methode wenden Sie an?" "Hauptsächlich wende ick die vier Grundrechenarten an, Sir", sagte ich. "Beim Umgang mit Zahlen nicht gerade ungewöhnlich", kommentierte Herr Frasch trocken, "und weiter?" "Ick lasse rechnen", sagte ich. "Das sehe ich", sagte Herr Frasch, "Sie lassen schnell rechnen". "Ick lasse et mir anzeigen, wenn ick im Fehlerbereich bin", ergänzte ich. "Mmh", meinte Herr Frasch, "Klar, Sie lassen sich das schnell anzeigen". "Jenau, Sir", sagte ich, "Und denne lasse ick mir ooch noch schnell die passende Grafik machen". "Herzeigen", sagte Herr Frasch. "Knopfdruck", sagte ich, "Ick drücke een'n Knopf, und jetzt kommt dette, wat meen Vorjesetzter meene Fieberkurven nennt, da. Det ha'ick mir neu überlegt, det ick mir die Sache so kurvenmäßig ankieken kann." "Ma'am", sagte Herr Frasch, "Ich gratuliere Ihnen. Das ist ein Punkt für Sie, Ma'am. Ein Punkt für eine gelungene Übersetzung. Allerdings", fuhr er fort, "Da in der Maschine nutzt das wenig. Sie sollten das Diagramm auf Papier bringen, das geht doch sicher, und hier an Ihre Wand hängen! Auf die Weise könnten Sie aktuelle Übersicht bieten! Wenn sie so einfach herzustellen sind, Ihre Grafiken, wäre es doch dumm, diese Möglichkeit nicht zu nutzen." Ein Punkt für Herrn Frasch, diese Idee, fand ich. Ein Wie-Punkt, bitte sehr.

Und als nächstes dann sollte ich für Herrn Frasch in meiner Tabelle Eintragungen vornehmen, bestimmte Zugänge und Abgänge von Schwefelmengen, und ihm zwischendurch jedesmal die Grafik zeigen. Dabei ließ er die Sammelbehälter erst überlaufen, um dann größenmäßig völlig unpassende Tankerverladungen durchzuführen, bis der Behälterstand unter Null geriet, anschließend ließ er Unmengen verfestigen, was den Schwefelberg über die Bildbegrenzung hinaustrieb und den Behälterstand ins Bodenlose fallen ließ, und dann reichte ihm das. "Genug gespielt", sagte er. Herr Frasch und ich, sag' ich mal, wetteiferten in Wie-Punkten, aber buchgeführt haben wir nicht darüber.

Sie macht ihre Arbeit, trägt Halsband sowie Fingerring und blitzt damit ab. Das kleine Männchen probiert einen Kopfstand.

acht

Wie das mit der Zwickmühle war. Ich komme gleich drauf. Dazu muß ich mir vorstellen, ich wäre wieder dort in meiner Abteilung. Natürlich nur wochentags, etwa von acht bis fünf. Ein Anhaltspunkt: In einer Selbstdarstellung wurde festgestellt, die Mitarbeiter der Abteilung sind eine Mischung aus Fachexperten, Psychologen und Taktikern mit viel Sinn für das gerade noch Durchsetzbare zum Wohle einer langfristigen Partnerschaft mit den Kunden.

Hier bin ich mitgemeint gewesen und kann dazu im Nachhinein sagen, daß ich an dieser Mischung zu beißen hatte. Hätten Sie als Kunde vielleicht auch gehabt. Nur hätten Sie eben schließlich doch Ihre langfristige Partnerschaft bekommen, was in Bezug auf mich als Mitarbeiterin in der Abteilung natürlich kein Thema war. Was da war, war kurzfristig. Oder würden Sie einen Zeitraum, in dem beim gemeinsamen Mittagessen aller Wahrscheinlichkeit nach nur ein Fünftel aller möglichen Variationen von Gegenüber vorkommen konnte, als langfristig bezeichnen?

Ich hatte zu beißen, weil man mir einen ganz besonderen Brocken hingeschmissen hat. Einen bis dahin nie dagewesenen Sonderbrocken. Wegen meiner Antwort auf Frage zwei klein b. Dr. König hat in diesem Zusammenhang zu mir gesagt: "So etwas will ich nie wieder sehen!" und gefragt hat er: "Sie wollen mir doch nicht noch die ganze Abteilung in Verruf bringen?" Ich habe gesagt, das hätte ich sicher nicht vor, und darauf bekam ich jene Zuteilung. Frage zwei klein b richtet sich an außertarifliche Mitarbeiter. Mein Vorgesetzter kam zu mir und sagte nicht

39

etwa, bitte vergessen Sie diesen Fragebogen, den ich hier mitgebracht habe, denn er richtet sich nur an außertarifliche Mitarbeiter, sondern mein Vorgesetzter sagte zu mir, bitte füllen Sie diesen Fragebogen aus.

Frage zwei klein b, und nicht nur die, bezieht sich auf das vorangegangene Jahr. Mein Vorgesetzter kam also zu mir und sagte, bitte füllen Sie diesen Fragebogen aus. Mein Vorgesetzter sagte dazu nicht etwa, bitte warten Sie damit ein halbes Jahr, so daß zum einen Ihre Probezeit und zum anderen das erfragte Jahr verstrichen ist, sondern mein Vorgesetzter erwartete den Fragebogen ausgefüllt irgendwann demnächst zurück. Daher habe ich als tarifliche Mitarbeiterin den Fragebogen für außertarifliche Mitarbeiter ausgefüllt und ihn meinem Vorgesetzten anschließend zurückgegeben. Nicht gleich am darauf-folgenden Montag, aber am Montag danach, und da war auch meine Probezeit um. Seit Freitag schon, aber da hatte ich viel zu tun und bin erst um achtzehn Uhr gegangen, wegen der Monatsabrechnung. Weil es viel zu ermitteln gab und zu prüfen, zu disponieren und zu besprechen, zu erstellen, abzustimmen und aufzubereiten, auszuwerten und zu erledigen, nicht zu vergessen, zu assistieren. Es ging um das Woher wieviel und um das Wohin, vom letzten ersten bis zum letzten letzten. Wie es hätte sein sollen und wie es dann geworden ist. Und schließlich darum: Wie kann es weitergehen? Und meine Probezeit war um, und ich weiß noch, mein Ehemann hat zu mir gesagt, achte mal drauf. Das war aber schon vor jenem Freitag.

Am Montag also habe ich meinem Vorgesetzten den von mir ausgefüllten Fragebogen hingelegt und hatte wieder viel zu tun und bin wieder erst um achtzehn Uhr gegangen, wegen der Monatsabrechnung. Genau wie an dem Freitag vorher, als meine Probezeit um war.

Und am Dienstag habe ich Einstand gesagt. Ich habe gesagt, ich lade Sie alle zu Kaffee und Kuchen ein. Wegen Einstand. Also haben wir Kaffee getrunken und Kuchen gegessen, und ich hatte ein Beschäftigungsverhältnis wie alle anderen dort auch. Nix Aushilfe, gleich befristet, in der Personalabteilung. Nix Probezeit. Das aber mußte nicht Gesprächsgegenstand sein, war es auch nicht, und ich bin um halb vier nach Hause.

Am Mittwoch morgen dann hielt mein Vorgesetzter bei mir eine kleine Fragestunde ab. Er sagte, meine Probezeit sei ja nun beendet. Die Tür meines Arbeitsraumes hatte er hinter sich geschlossen. Er, als mein Vorgesetzter, würde dies gern zum Anlaß nehmen mich zu fragen, ob ich denn zufrieden sei mit meiner Situation hier. Ich antwortete meinem Vorgesetzten, ich sei sehr glücklich. Ob ich denn zurecht käme, finanziell, meine er. Ich antwortete meinem Vorgesetzten, sicher käme ich zurecht. Wie es meiner Tochter hier ergehe. Ich antwortete meinem Vorgesetzten, ich ginge davon aus, gut. Was eigentlich mein Mann mache. Ich antwortete meinem Vorgesetzten, Umschulung Industriekaufmann. Wat wollte dieser Mann? Und meen Männe hat jesacht, achte ma' druff. Und wat mache ick? Beantworte so eene Frage nach der ander'n. So als könnte man sich det nich' verbitten. Moment, hätt'ick sagen sollen, ick öffne mal die Tür wieder. Allet, wat wir hier besprechen, kann ruhig jeder mithör'n. Ob ick zufrieden bin? Wissen Se, ick jebe mir Mühe, det Sie zufrieden sind. Ob ick zurecht komme? Se kenn'n ja meen Jehalt, und det liegt ja doch erheblich über'm Durchschnitt, nich'? Und wirklich, et is' nett, det Se fragen, meener Familje jeht et jut. Hätte ooch sagen können: Klosettieftaucher, wissen Se, meen Mann sacht mir nischt darüber. Nehme an, er is' Klosettieftaucher! Aber ich bin ja manchmal so blöd und lasse mich überrumpeln. Speziell morgens.

Und dann gab es noch ein kleines Fragestündchen. Ich hatte viel zu tun an jenem Mittwoch und bin auch erst um achtzehn Uhr gegangen, wegen der Monatsabrechnung und weil mein Vorgesetzter abends noch mit jenem Anliegen kam. Mein Vorgesetzter sagte, Dr. König interessiere sich für meine Grafiken. Ob ich bereit sei, sie ihm einmal vorzustellen, am besten gleich morgen früh. Ich antwortete meinem Vorgesetzten, sicher, gerne. Dr. König persönlich! Rar, aber wahr! Erklärter ungeschulter Leser meiner trotzdem verständlichen Hafenpläne, dankbar für hilfreiche Hinweise, der dann lernen wollte, das auf dem Rechner abzurufen. Ich hatte jetzt noch mehr zu tun und sagte jedenfalls, sicher, gerne. Und mein Vorgesetzter sagte, gut, sie kämen dann also um neun Uhr, wenn es recht sei. Bitte. Also besorgte ich anderntags noch einen dritten Stuhl, diesmal schloß Dr. König meine Tür, und mein Vorgesetzter, nein danke, stand lieber. Wendete sich an seinen Vorgesetzten: "Herr Dr. König, Sie sehen hier an der Magnetwand diese Grafiken, eine Neuerung bei uns (ha'ick `en Wie-Punkt für bekom'm). Ich habe Sie (mein Vorgesetzter meinte seinen Vorgesetzten) heute hierher-gebeten, weil Frau M. (das bin ich), die diese Grafiken nämlich erstellt hat (und eenen Wie-Punkt für bekom'm hat), sie Ihnen (meinte seinen Vorgesetzten) gern einmal vorstellen würde. Wenn Ihre Zeit es erlaubt" (die Zeit des Vorgesetzten meines Vorgesetzten). Wat? Verdreht! Wat soll det denn heißen? Ick hätte jerne vorjestellt? Ick gloobe, ick hör' nich' richtich! "Ganz so lange kann es ja nicht dauern", sagte Dr. König und wandte sich an mich: "Also bitte, Frau M.." Herr Dr. König! Als mein Vorgesetzter mir gestern sagte, daß Sie meine Grafiken interessant fänden und sie sich gerne von mir einmal vorstellen lassen würden, habe ich mich gefreut, und ich möchte auch gleich sagen, daß ich diesbezüglich gerne Ihre Kritik hören würde (das habe ich nicht gesagt). Herr Dr. König! Ich habe doch recht verstanden, daß Sie es waren, der um diese Zusammenkunft gebeten hat. Nun, es ist richtig, daß ich diese Grafiken erstellt habe. Mein Anspruch dabei ist, daß sie selbstredend sind. Ich hoffe, das ist mir gelungen! (Das sagte ich auch nicht.) Vielmehr erläuterte ich meine Grafiken von links nach rechts, wie ich es mir vorgenommen hatte. Bei der letzten sagte Dr. König, hier könne er nicht erkennen, wo die sinnvoll sei, sie sage einem nichts Neues. Recht hatte er damit. Ich sagte: "Ich sehe, was Sie meinen, es stimmt, sie ist eigentlich überflüssig." Dr. König saß zurückgelehnt auf jenem dritten Stuhl, und mein Vorgesetzter stand hinter ihm. Ich ergänzte: "Na ja, wissen Sie, diese Grafik hat sich einfach angeboten (sozusagen `ne Kann-Grafik). Die Daten sind ja vorhanden." Gegenwärtig würde ich so arbeiten, daß ich zunächst auf Vollständigkeit achtete. Was sich hinterher als unbrauchbar erweise, könne dann ja wegfallen. Skeptisch sah mich Dr. König da an und sagte: "Na, ob das die richtige Methode ist? Und was die ersten beiden Grafiken angeht: Die sind ja nicht mal im gleichen Maßstab. So! Also danke, ich muß jetzt gehen, muß mich noch vorbereiten, um zehn habe ich eine Besprechung." Eenen Moment, bitte! Herr Dr. König! Sie haben eene Frage jestellt! Und det diese beeden Grafiken nich' denselben Maßstab ha'm, hat durchaus seenen Sinn! Lassen Se mir da een'n Moment wat zu sag'n! (Blieb mir im Halse stecken.) Dr. König war gegangen, und mein Vorgesetzter sagte, er müsse auch zu dieser Besprechung. Sei gegen Mittag wieder am Platz.

Und irgendwann anschließend hat Dr. König zu mir gesagt "So etwas will ich nie wieder sehen!", was sich auf meine Antwort zwei klein b in dem Fragebogen bezog. Eine unzulässige Antwort. Noch ein Mal! In welchen Bereichen Ihres Aufgabengebietes hätten Sie im vergangenen Jahr gern mehr erreicht? Welche Faktoren haben dazu beigetragen, daß Ihnen dies nicht gelang? Ach, hätte ich vielleicht vermerken sollen. Ich hatte mir nicht vorgestellt, daß mein neuer Aufgabenbereich mir so viele Probleme machen könnte. Ich habe beinahe das Gefühl, daß ich damit überfordert bin. Da ist ja so viel Neues! Aber, aber, hätte man vielleicht gesagt. Was sind denn das für Töne? Wir wollen doch nicht gleich die Flinte ins Korn werfen, oder? Sie schaffen das schon. Und wir helfen Ihnen doch auch. Na sehen Sie. Nun machen Sie sich mal keine Sorgen, wir kriegen das schon hin! Ach, hätte ich dann antworten können, danke.

Aber so war es nicht, denn ich habe Kritik geübt. Ich habe den Fragebogen abgegeben und darin Kritik geübt: Die vorgefundene Situation könnte besser sein und inwiefern (mehr als stichpunktartig war kaum drin). Und dann habe ich Einstand gesagt, und dann war es auch soweit. Daß sie mich drin hatten in ihrer Zwickmühle, so weit war es, denn ich kriegte mein Tarifgehalt nicht, danke. Die Probezeit war um, ich hätte es bekommen sollen, aber ich bekam es nicht, danke. Das war kurz vor dem Geburtstag von meinem Ehemann, ich hatte ein paar Tage Urlaub, danke, wir sahen nach der Überweisung, danke, und dann war klar, ich kriege mein Tarifgehalt nicht, es bleibt beim alten, danke. Plus Weihnachtsgeld diesmal anteilig, danke, auf der Basis vom alten, bei dem es bleibt, danke. Wir können zwar rechnen, aber danke. Und dann rief mein Vorgesetzter bei uns an und sagte, das mit dem Weihnachtsgeld anteilig ist ein Irrtum, Sie kriegen wieder das ganze.

Danke!

Daß ich mein Tarifgehalt nicht kriegte, bedeutete weiterhin gekürztes Gehalt. Siehe Tarifvertrag Punkt römisch zwei, Eingangsstufen (aber lassen Sie sich den richtigen zeigen). Stichwort neueingestellte Arbeitnehmer. Das bedeutete, ich bin ohne, ohne anwendbare Berufserfahrung, und deswegen gekürztes Gehalt nämlich zwei Jahre lang und nicht ein halbes. Alles klar. Ermittele, prüfe, disponiere, bespreche, erstelle, stimme ab, bereite auf, werte aus, erledige, assistiere ohne anwendbare Berufserfahrung. Ohne anwendbare Berufserfahrung selbständig im Rahmen allgemeiner Richtlinien und Anweisungen. Ich springe ein, wenn nötig, für Herrn Junge, für meine Kollegin in der Administration und für meinen Vorgesetzten - wenn es darauf ankommt, für alle gleichzeitig - aber ohne anwendbare Berufserfahrung. Meine vorgesetzten Zwickmüller haben sich da was Feines ausgedacht. Ohne anwendbare Berufserfahrung, ich. Meine vorgesetzten Fachexperten, Psychologen und Taktiker haben, nehme ich an, sich zusammengesetzt, vielleicht ihre Bleistifte gespitzt und währenddessen überlegt, da wollen wir mal ein bißchen dran drehen. Wir haben da ein Jokerlein, das setzen wir hier mal ein.

Sie setzt Hebel in Bewegung. Das kleine Männchen springt im Karree.

neun

Erste Sahne, die Torte am Kopf, da saß ich. Es läuft, aber es läuft nicht. Ich sehe zu, daß es läuft, und es läuft, aber es läuft nicht. Torte am Kopf. Also ich hatte diese paar Tage Urlaub, Ende November, wegen dem Geburtstag von meinem Ehemann, und wir haben nach der Überweisung gesehen, und dann war klar, ich kriege mein Tarifgehalt nicht. Und mein Vorgesetzter rief bei uns an und sagte, das mit dem Weihnachtsgeld anteilig ist ein Irrtum. Das wußte der wohl genau. Meine vorgesetzten Fachexperten, Psychologen und Taktiker saßen mit gespitzten Bleistiften da und ich ohne anwendbare Berufserfahrung, inklusive intrinsische Motivation, was innerer Antrieb ist (Das ist doch sicher auch super). Mein Vorgesetzter rief während der Mittagszeit bei uns an (vielleicht ist das normal), und ich habe ihm gleich am Telefon gesagt, das kann ja wohl nicht angehen. Und dann haben meine Eltern uns besucht, von den Inseln (Klingt das nicht exotisch?), und meine jüngste Schwester aus der nicht mehr geteilten Stadt (keine Insel mehr). Wegen dem Geburtstag von meinem Ehemann, der umgeschult wurde, zum Industriekaufmann. Vierter Stock rechts, kommt mit hoch, hier wohnen wir jetzt. Oder jetzt schon. Fast wie Weihnachten. Fast wie wenn Weihnachten ist. Daß man es warm hat. Daß es lange dunkel ist. Daß man Kerzen hat. Daß der Schnee funkelt und die Sterne. Daß es still ist, im Wald. Daß das Tannengrün riecht und Gebäck. Daß der Tee dampft und ein Buch offen liegt, ein altes. Und daß andere davon haben sollen.

Am dreißigsten haben wir gemacht, was ich jeden dreißigsten November mache, nämlich einen Weihnachtskalender für das Kind, unsere Tochter, bestehend aus vierundzwanzig Paketchen. Hatte jeder von uns so fünf zu packen. Ja, ihr Lieben, ich bin Sachbearbeiterin in diesem Mineralölkonzern. Beziehungsweise ohne anwendbare Berufserfahrung. Aber in trockenen Tüchern, ihr Lieben. Jede halbe Stunde kommt ein Kesselwagen voll vorbei, und mein Vorgesetzter sitzt irgendwo und rechnet. Einen Psychologen kenne ich in der ganzen Abteilung nicht, aber mein vorgesetzter Schwefelverkäufer weiß seit Ende November mittags schon Bescheid, das kann ja wohl nicht angehen. Die Arbeitsordnung. Sie sagt, der Mitarbeiter hat das Recht, Anliegen und Beschwerden mündlich oder schriftlich seinem Vorgesetzten vorzutragen. Dieser hat den Mitarbeiter über die Behandlung des Anliegens oder der Beschwerde zu informieren und einer berechtigten Beschwerde abzuhelfen.

Das erste Paketchen wurde aufgemacht, und wir setzten meine jüngste Schwester auf den Zug. Es folgte das zweite, und auch meine Eltern wollten abreisen, und ich verabschiedete mich, fuhr vierzehn Minuten U-Bahn, prüfte meine Gehaltsabrechnung und sagte meinem vorgesetzten Schwefelverkäufer Auge in Auge, was er schon seit Ende November mittags wußte, nämlich, das kann ja wohl nicht angehen, damit bin ich nicht einverstanden.

Mein Vorgesetzter ist ein Gaffer. Ja, das ist der Ausdruck, der mir dazu einfällt. Ich konnte irgendwo sitzen oder stehen und ihm irgendetwas sagen, etwas Geschäftliches, etwas, das mehr als ein Satz war, zum Beispiel zwei zusammenhängende Sätze, und er fing an zu gaffen. Derart, daß einem die Lust verging, weiterzureden. Als sei er weggetreten. Mein Vorgesetzter sah mich dann an, als sei ich ein Weltwunder, das redet. An jenem Morgen sagte ich also meine zwei Sätze, das kann ja wohl nicht angehen, damit bin ich nicht einverstanden, und mein Vorgesetzter fing auch noch blöde an zu grinsen. Ja, das ist der Ausdruck, der mir dazu einfällt. Und mein Vorgesetzter, der ja schon seit Ende November mittags wußte, daß ich damit nicht einverstanden war, sagte zu mir, er glaube nicht, daß sich da etwas machen ließe, aber er wolle noch mal nachfragen, ging also. Da saß ich, zündete mir eine Zigarette an. Kam mein Vorgesetzter wieder und sagte: "Keine Möglichkeit. Aber wenn Sie mit mir darüber reden wollen, stehe ich zur Verfügung." Ick gloob', mir streeft 'n Elch. Oder wa't 'n Bus? Sehr einladend! Keene Möchlichkeit. Also die Erde is' 'ne Scheibe, und allet andere is' Unsinn, aber über diesen Unsinn möchten se mehr hör'n. Soll ick mir auswein'n oder wat? Oder soll ick 'n paar Positionen ausenanderklamüsern? Uffjepaßt, ihr macht euch unglaubwürdig, so könnt' er nich' mit jemand umjeh'n. Rausjeschmissen habt er mir nich'. Hättet er machen können, uff die Manier, danke, ha'm et lang jenuch probiert, könn' wir nich' brauchen. War aber nich'! Ick habe die Probezeit bestanden! Zweifellos, ohne Zweifel, ohne dat een Zweifel anjemeldet wurde. Und jezze der Schlager? Ma' eben abservier'n? Will et ma' anders formulier'n: Erst mehr als sechs Monate lang alle meene Arbeetserjebnisse dankend einstecken, aber denne erstma' 'n Schlach in 'en Nacken. Zwee wa'n zwar immer zufrieden, aber denne wird wat ausbaldowert und manövermeeßig der nächsthöhere Vorjesetzte vorjeschickt, und der zeigt sich gleich ma' unzufrieden, uff een'n Blick, zwischen Frühstück und Besprechung. Klasse! Uffjepaßt, det könnt' er vielleicht mit 'en Kunden machen, vielleicht is' det so üblich, aber im Team, wie 'et so schön heißt, inner eignen Mannschaft - da doch nich'!

Zufrieden jezeicht - ach, is' det det Argument: Erwartungen so niedrich jehängt, waren so schon froh, 'ne Dame? Schämt euch wat! Werde mir jezz nich' hinstellen und meene Vorzüge uffzählen. Schnell richtich Kettenrechnen, sauber, is' doch klar. Schnell det Problem erfassen, sauber, is' doch klar. Anrufen, Fragen stellen oder informier'n, sachlich, is' doch klar, verbindlich, is' doch klar, freundlich, is' doch klar. Briefchen schreiben, klar. Absolut loyal! Nee, damit er euch noch drüber lustich macht. Vonwegen Einbildung is' ooch 'ne Bildung. Uffjepaßt, erklärter unjeschulter Leser meener trotzdem verständlichen Hafenpläne, dankbar für hilfreiche Hinweise, der denne lernen wollte, det uff'm Rechner abzurufen, nich' wahr? - Könich! Det die Dinger verständlich sind, kommt ja wohl nich' von Unjefähr! Aber da wollt ihr nich' wirklich wat von wissen. Jezz is' erst ma' wieder der Vorjesetzte dran, der Schlawiner, steht zur Verfügung. Mit keener Möchlichkeit, wa? Nee - zum Abhör'n!

Kritik! Is' für euch wohl ausschließlich negativ. Nich' mal nachjefragt, nur nie wieder seh'n. Als wenn ick die anne große Glocke hänge. Uffjepaßt, für mich is' die ausschließlich positiv. Ick arbeete daran! Nee, meene Herr'n, ick muß mir wohl wat einjebildet ha'm - det hier de Chemie stimmt -, aber wer stellt hier de Fronten uff? Keene Möchlichkeit. Ohne. Und dabei blöde uff mich 'runtergrinsen. Mag sein, ihr steht uff der richtjen Seite, aber ick habe alle Fragen beantwortet. Schnell jenuch und klar jenuch, kesselwagenweise, tankerweise und frachterweise. Und ick habe selbständich jearbeetet, im Rahmen alljemeener Richtlinjen und Anweisungen. Da ha'ick nämlich 'ne Vorstellung von. Und det et keene Möchlichkeit jibt, steht für mir noch längst nich' fest. Also -

"Nein danke, nicht nötig", antwortete ich meinem Vorgesetzten.

Auch bei Herrn Junge habe ich mich beschwert, offiziell in seiner Funktion als Betriebsratsmitglied, Ende November mittags schon, am Telefon, unmittelbar. Herr Junge war es, der davon anfing, man müsse die Aufgaben seines Postens früher schon einmal ausgeführt haben, und zwar "über einen längeren Zeitraum" und "in größerem Umfang". Erst dann könne von anwendbarer Berufserfahrung ausgegangen werden, so sehe er das. Eine klare Sprache, fand ich, für einen Geozentriker allemal.

Ich hätte sofort den Hut nehmen können. Leise weinend oder wie auch immer. Fristlos und unverzüglich. Vertragsbruch! Wann ist von ohne anwendbare Berufserfahrung jemals die Rede gewesen? Niemals! Also bitte, und meine Herren: Das tun Sie doch auch sich selber an! Ich bin, also denke ich. Sehen Sie das nicht? Glücklich, also arbeite ich. So wenig Menschenkenntnis haben Sie, Zweifel? Dann will ich mal so sagen, ich will mal aus der Firmenchronik zitieren, Sie können es ja nachlesen: Die Stelle, wo jenes Fußmarsches gedacht wird, der eines gewissen Herrn aus der Rohölabteilung, in der Kreisstadt. Ging von dort zu einem der Förderbetriebe und zurück an einem Tag. Weil sie nicht wußten, wie es in jenem Betrieb aussah, kurz nach der Kapitulation. Oh nein, das Telefon funktionierte nicht, Autos waren stillgelegt, und per Bahn gab es kein Erreichen. Starke Kontingente ausländischer Zwangsarbeiter, oh ja, waren dort beschäftigt, oh ja, Aufruhr? Möglicherweise Sabotageakte? Ungewißheit hierüber soll der Anlaß für diesen Fußmarsch gewesen sein, fünfunddreißig Kilometer. Nach der Rückkehr total erschöpft im Büro gesessen, wunde Füße, dicke Blasen, oh ja. Schon mal gelesen? Auch schon mal gemacht? Wegen dem Betrieb sich den Arsch aufgerissen? Frage also: Wären Sie mitgegangen? Oder hätten Sie vielleicht dem Mann ein Fahrrad besorgt? Hätten Sie mitgedacht? Ich habe. Das sollten Sie doch wissen. Frage also: Haben Sie zu viele von solchen Leuten?

Ich schrieb an ein Betriebsratsmitglied in der Kreisstadt, Gewerkschafter, wir sind uns persönlich bekannt: Seht Euch das an! Auf welch billige Art und Weise hier

Sachbearbeitertätigkeit zum Preis von Sekretärinnentätigkeit erstanden werden will! Ist eine solche Vorgehensweise im Sinne des Tarifvertrages? Kann man denn ohne sagen, wenn Berufserfahrung angewendet wird? Kann man in dieser Firma jemandem seine Berufsehre als Fremdsprachenkauffrau einfach abschneiden? Ermittele ich etwa nicht und prüfe? Disponiere, bespreche, erstelle, stimme ab, bereite auf, werte aus, erledige, assistiere? Tue ich das nicht überhaupt schon jahrelang? Ich erinnere an meine Tätigkeit in der Personalabteilung, daß man mich hierher empfohlen hat, und meine Zeugnisse liegen doch auch vor! Und wenn das der Punkt ist: Daß ich jemanden wie Herrn Junge, der mehr als die Hälfte seines Lebens hier beschäftigt ist, nicht binnen kurzem ersetzen kann, steht ja wohl außer Frage! Und ist auch nicht der Inhalt meines Postens. Wie steht Ihr dazu?

Mein Kollege antwortete, warten Sie ab, wir klären das.

Genau, sagte ich mir, ich werde mich doch nicht ins Bockshorn jagen lassen, nur, weil es dem einen oder anderen vorgesetzten Geozentriker so gefällt. Wessen bin ich denn verpflichtet? Was das betrifft, zuallererst doch wohl dem Wohl der Firma. Den Hut nehm' ich nicht!

Sie macht weiter und wartet ab. Das kleine Männchen tanzt.

zehn

Welche Wirkung mit jener Maßnahme erzielt werden sollte, bei mir oder auch allgemein, konnte ich natürlich nur vermuten. Feststand: Man schmiedete Pläne und hielt mich dabei außen vor. Ich kenne diese Haltung, ich war oft genug davon betroffen. Es ist ja ein altes Spiel. Zum Beispiel an meinem zehnten Geburtstag, schätze ich, war ich einmal Opfer, will ich mal sagen, eines solchen Spiels. Da mußte ich hinausgehen, und mir wurden die Augen verbunden. Nachdem man mich wieder hereingeführt hatte, erklärte man mir, daß man in der Zwischenzeit überall auf dem Fußboden leere Flaschen aufgestellt habe, und es sei nun meine Aufgabe, so schnell wie möglich den Raum zu durchqueren, ohne auch nur eine davon umzustoßen. Ich, die ich damals sehr viel Wert legte auf die Ausbildung meiner körperlichen Geschicklichkeit, meiner Kraft, Schnelligkeit und Ausdauer und meines Mutes, fand damals, daß ich schon die rechte sei, hier einen Maßstab zu setzen, und tat, eins, zwei, drei, einen ersten kleinen, vorsichtigen Schritt. Ich überlegte fieberhaft. Wie mochte man den Weg verstellt haben? Im Nahbereich auf direktem Wege sicher bereits das erste Hindernis. Ich wich zur Seite aus, machte einen nicht zu großen Bogen wieder auf den direkten Weg zurück und wich gleich wieder, diesmal zur anderen Seite aus, aber in einem kleineren und kürzeren Bogen. Das leise Kichern der anderen Kinder beachtete ich nicht. Ich ging sehr vorsichtig, um für den Fall, daß ich einen Widerstand merkte, sofort in der Bewegung innehalten zu können, um die Richtung zu ändern, dazu mußte ich stets im Gleichgewicht sein. Die Arme brauchte ich nicht vorzustrecken, ich hielt die Augen geschlossen und tat Schritt für Schritt. Ich hob ein Bein und versuchte einen großen Schritt, bewegte den Fuß ganz langsam durch die Luft, suchte einen freien Platz, ihn wieder aufzusetzen. Ich fand ihn, kein Widerstand. Das tat ich noch mal, wieder - nichts. Und noch einen Schritt, diesmal seitlich. Ich hatte bereits die Orientierung im Raum ein wenig verloren. Gleich bist du da, hörte ich. Ich streckte einen Arm vor, tat noch zwei, drei kurze Schritte, hierhin einen, dahin einen und dorthin einen und stieß mit der Hand an die Wand. Wie sieht sie nun aus, die Laufstrecke, fragte ich mich, wie dicht ist sie? War ich gut? Ich drehte mich um, zog die Augenbinde vom Kopf, und es dauerte einen Moment, bis ich begriff. Sie lachten, keine Flasche, nicht eine, auf dem ganzen Fußboden nicht, nur da hinten, in der Ecke, im Korb. Mir lief der Schweiß den Rücken hinunter. Gemeinheit, und ihr habt es alle gewußt. Nur ein Spiel, ja. Nein, kein Spiel. Lektion Hirngespinst. Hier hätte man anders vorgehen müssen. Ich schämte mich, weil man mich vorgeführt hatte, ich war beleidigt, verletzt. Ein solches Beispiel hatte ich nicht abgeben wollen, kein affiges. An den weiteren Durchläufen hatte ich wenig Spaß, es bereitete mir wenig Genugtuung, wenn Flaschen fielen. Das war damals.

Als Sachbearbeiterin Verkauf habe ich nicht erwartet, an einem Spiel teilzunehmen. Mir war bewußt, daß ich mich absolut nicht im Kindergarten befinde. Allerdings hatte ich die Möglichkeit in Betracht gezogen, daß man in diesem Hause wenigstens korrekt miteinander umgeht. Aus diesem Grunde habe ich persönlich an einer solchen Haltung auch keinen Zweifel gelassen. Schon bis zu jenem Zeitpunkt habe ich in dieses Beschäftigungsverhältnis weit mehr eingebracht, als man es von jemandem hätte erwarten können. So sehe ich das. Nehmen Sie zum Beispiel meinen Beitrag zur Verbesserung des Betriebsklimas. Es hätte von mir nicht verlangt werden können, daß ich am gemeinsamen Mittagessen mit anschließendem Kaffeetrinken teilnehme und dabei täglich eine zusätzliche Viertel- bis halbe Stunde unbezahlter Zeit investiere. Ich habe mich nicht gescheut, mich mit all jenen Männern - fast alle wesentlich älter als ich - wieder und wieder an einen Tisch zu setzen. Und wenn ich mich doch gescheut habe, so habe ich es trotzdem getan. Und wenn ich auch nicht zum Alleinunterhalter tauge und zu so mancher Unterhaltung fast gar nichts beigetragen habe, so habe ich zu wieder anderen sogar ganz erheblich beigetragen. Kurz: Ich habe mich dort eingebracht. Einfach, um Umgang miteinander zu pflegen. Eine Familie pflegt Umgang miteinander. Das ist das mindeste.

Jene Maßnahme, mir anwendbare Berufserfahrung abzusprechen, hat mich beinahe aus dem Sattel geworfen. Und das war vermutlich auch beabsichtigt. Selbstbewußte Mitarbeiter, besonders weibliche, sind manchem Vorgesetzten nur dann erträglich, wenn sie ihm nicht das Wasser reichen können. Falls sie aber doch leistungsfähig sind, müssen sie wenigstens ein Problem haben. Am besten eines, das sie nicht lösen können.

Sie macht lange weiter und wartet lange ab. Das kleine Männchen tanzt und fällt schließlich.

elf

Mir fällt das schöne Wort impfen ein, das in jenen Kreisen ab und an über den Tisch ging. Klar: Gezieltes Einbringen eines bestimmten Wirkstoffes, und dann setzt man sich in aller Ruhe zurück und wartet das Echo ab, ob die Maßnahme auch anschlägt, gegebenenfalls Nachimpfen.

Nein, man setzt sich natürlich nicht in aller Ruhe zurück, sondern man ist natürlich nach wie vor sehr beschäftigt. Nach wie vor begeht man zielstrebig die Flure, ruft diesem oder jenem eine Information zu, fragt nach einer Botschaft, liest Umläufe und nimmt zur Kenntnis, greift zum Telefon, beschreibt Papier und spricht auf Tonbänder, drückt Ziffern und Verknüpfungszeichen ein, liest Ergebnisse ab, korrigiert Abschriften, läßt sich wiedervorlegen, unterschreibt und genehmigt, bittet um Genehmigung, läßt Fotokopien herstellen und verteilen, läßt Kaffee bringen, scherzt nicht nur am Rande, wünscht einen Satz Grafiken, schneidet pazifische Riesengarnelen, löffelt hausgemachte rote Grütze, erwartet einen Rückruf, möchte nur in dringenden Fällen gestört werden, ist außer Haus. Von seinen Mitarbeitern erwartet man nichts Unmögliches.

Ich konzentrierte mich auf meine Sachbearbeiter-tätigkeit. Natürlich in der Weise, wie ich es für richtig und angemessen hielt. Zum Beispiel delegiere ich, wo es mir sinnvoll erscheint, an den maschinellen Rechner. Das würde jeder tun, der sich einmal davon befreit hat, alles zu Fuß zu machen, wie man so schön sagt. Man ist für jene Arbeitsweise nicht mehr zu begeistern. Einem Rechner gibt man einmal die notwendigen Schritte ein, und dann geht er den Weg jedesmal alleine, in unerreichbarer

Geschwindigkeit und jedesmal gleich richtig. So gesehen gehörten meine Vorgesetzten zum Fußvolk. Das ist nicht lustig, sondern das ist ihre Sache, da mische ich mich nicht ein.

Es kommt auf die Ergebnisse an. Und hierzu möchte ich vorwegschicken, daß ich optimal abgewickelt habe. Ich könnte Ihnen den Bericht zeigen. Den jenes ersten und einzigen Geschäftsjahres, in dem ich von Anfang bis Ende für die Abwicklung verantwortlich war. Optimal heißt hier, Einhaltung der Verkaufsziele bei minimalen Kosten. Und mögliche Zusatzkosten hätten leicht in die Zehntausende gehen können. Das war nicht einfach, was auch nicht zu erwarten gewesen war, dafür um so interessanter. Stellen Sie sich vor, daß durch meine Arbeit sogar festgestellt werden konnte, daß in einem der Betriebe bei den Schwefelpumpen die Mengenmessung nicht richtig funktionierte! Stellen Sie sich vor, daß meine Prüfungen ergeben haben, daß der verantwortliche Transporteur in den Verdacht geriet, sich aus unseren Kesselwagen ganze Züge zusammenzustellen und mietfrei für den Eigenbedarf zu nutzen!

Es ist spannend, wenn man merkt, daß man eine Sache in den Griff bekommt, daß man sie im Griff hat, daß sie nun praktisch Teil der Hand ist. Ich wünsche, meine Arbeit gut zu machen. Ich möchte systematisch ermitteln und konsequent prüfen, methodisch disponieren und rückhaltlos besprechen, übersichtlich erstellen und allseitig abstimmen, geeignet aufbereiten und nützlich auswerten, schnell erledigen und selbstlos assistieren.

Aber solche Bemühungen sind nicht alles. Man sieht es ja. Wie leicht sind sie doch zu entwerten! Ein Handstreich, und man steht ohne da. Keine Möglichkeit. Tja. Ein Witz! Wie soll man das austragen?

Als mein Vorgesetzter einmal mit einer speziellen Aufgabe zu mir kam, sagte ich: "Ich frage mich, ob ich das ohne anwendbare Berufserfahrung überhaupt kann." Daraufhin runzelte mein Vorgesetzter die Stirn und verbot mir eine nochmalige Erwähnung dieser drei Worte.

Eines Tages mitten im Frühling, mein Vorgesetzter war in Urlaub, muß es bei den Mädchen vorne, wie man die Abteilungssekretärinnen gerne nannte, einen Engpaß gegeben haben, denn ich sollte für Dr. König eine Schreibarbeit anfertigen. Dies war eine Neuheit, und zwar gleich in zwei Hinsichten. Zum einen erledigte derlei Aufgaben ansonsten nach wie vor jene Stenokontoristin, deren Posten man zugunsten meines Postens gestrichen hatte, die aber bis dahin jene passende Stelle noch nicht gefunden hatte, so daß sie immer noch dort saß. Zum anderen betraf die Aufgabe das Gasgeschäft, welches gar nicht mein Bereich war. Genaugenommen unterbrach ich also meine Sachbearbeitertätigkeit im Bereich Schwefel- und Rohölverkauf und setzte mich an die Schreibarbeit. In der Tat waren es zwei Schreiben, eilig zudem, sie sollten bis zwei Uhr weg. Arbeitstechnisch gesehen war das eine ein längerer Vertragsentwurf und das andere ein kurzes Begleitschreiben dazu, in das ein oder zwei Absätze aus jenem Vertragsentwurf wiederholend einzufügen waren. Die wichtigsten Absätze, vermutlich, aber wenn man einen Text überträgt, kümmert man sich um derlei nicht. Manche Leute sind sehr empfindlich, ich werde Ihnen sagen, was ich tat: Ich schrieb zunächst den Vertragsentwurf, ließ ausdrucken und legte ihn Dr. König auf den Schreibtisch, zwecks Prüfung. Dann schrieb ich das Begleitschreiben, ließ jene einzufügenden Absätze aus dem Vertragsentwurf aber noch offen und speicherte die Sache ab. Und dann kümmerte ich mich um etwas anderes, will sagen, um meine Sachbearbeitertätigkeit. Bis mich irgendwann nach dem Mittag Dr. König telefonisch zu sich bestellte: "Könnten Sie mal einen Augenblick zu mir herüberkommen?" Dort sagte er, er habe den

Vertragsentwurf. Wie lange er nun aber noch auf das Anschreiben hierzu warten solle, die Sache sei, wie gesagt, eilig. "Ist soweit fertig", sagte ich, "Ich dachte, ich könnte erst den Vertragsentwurf von Ihnen wiederhaben." Was? Er wolle sofort einen Ausdruck dieses Anschreibens dort haben, sagte Dr. König. Also ging ich unverzüglich, ließ ausdrucken, brachte ihm sein Anschreiben, lückenhaft wie es war, und stand wieder vor seinem Schreibtisch. "Ich rufe Sie dann", verabschiedete mich Dr. König und befaßte sich mit den Papieren. Nach einer Weile ein neuerlicher Anruf bei mir, so, er sei jetzt soweit. Wieder über den Flur, vor dem Schreibtisch, und Dr. König erklärte mir seine Änderungen eine nach der anderen. Obwohl er sie auf den Papieren doch aufgemalt hatte. Dies hier habe ich gestrichen, hier habe ich wie folgt ergänzt, ich hoffe, das ist lesbar, und dergleichen. Höchst amüsant. Konnte Dr. König seinen Kram aufschreiben oder nicht? Sah jedenfalls auch von meinem Standort am Rande des Schreibtisches aus lesbar aus. Ich hörte auf die Worte, die Dr. König sprach, und folgte mit den Augen seinem Finger auf dem Papier, um mich nachher beim Korrigieren auf meine Erinnerung daran zu stützen. Und schließlich mußte sich ja ein Sinn ergeben, den man sich in der Regel zusammenreimen kann. Ich war recht entspannt und Dr. König voll bei der Sache. Er hatte auch an dem Begleitschreiben noch etwas geändert, jedoch Unwesentliches, wie er selbst sagte. Immerhin eine Rechtfertigung für den von ihm verlangten Korrekturausdruck. Bitte schön, dachte ich, an mir soll's nicht scheitern. Wer schreibt schon gleich druckreif? Bekam die Papiere, ging, machte die Änderungen, Viertel vor zwei, Unterschriftenmappe, zu Dr. König vor den Schreibtisch, der überlas noch einmal, unterschrieb, schloß die Mappe. "Sagen Sie mal", wandte er sich dann an mich, "Das ging ja nicht gerade reibungslos. Ich mußte erst hinter Ihnen hertelefonieren." Nach dem bißchen Anschreiben. Und kee'n Wink beim Mittachessen: Meechen, det brauche ick, rüber damit. Wie tragisch, wie tragisch, det ick mir vorauseilenden Jehorsam abjeschminkt habe, hätte ich sagen können. Mangels juter Erfahrungen damit. Ick arbeete so, wie ick det für richtich halte, und nich' so, wie ick mir einbilde, det Sie det für richtich halten. Ich sagte, alle arbeiteten verschieden. Man könne nicht immer gleich von vorneherein wissen, wie die Zusammenarbeit am besten zu gestalten sei. Was meinen Vorgesetzten und Herrn Junge angehe, fragte Dr. König, gäbe es diesbezüglich aber wenigstens keine Probleme? Aha, Jestaltung der Zusammenarbeet. Die Arbeitsergebnisse würde ich immerhin erbringen, sagte ich. Aber wenn er mich so frage, könne ich ihm sagen, daß es oft genug so sei, daß mir der eine sage - ich nickte mit dem Kopf nach rechts in Richtung auf Herrn Junges Arbeitszimmer - das machen wir so und so, und dann rede der andere - ich nickte in die andere Richtung, denn Dr. Königs Zimmer lag in der Tat zwischen jenen beiden Zimmern - von derselben Sache und sage mir, das machen wir genau ganz anders. Oder umgekehrt. Und sollte ich fragen, wie denn nun, müßte ich mir oftmals die eine oder andere geringschätzige Bemerkung über die Arbeitsweise des jeweils anderen anhören, was ich höchst überflüssig fände und was mir auch nicht eben angenehm sei. Man erwarte ja wohl nicht, daß ich hier vermittele. "Aha", sagte Dr. König, "Nein, das kann man sicher nicht von Ihnen erwarten." Auch störe mich zum Beispiel, redete ich weiter, daß mein Vorgesetzter dann und wann auf seinem Stuhl sitze, indem er seine Beine ausstrecke und die Füße mit den Sohlen an die Wand stemme. Unschön fände ich das, und das hätte ich ihm auch schon selbst gesagt, und er habe das eingesehen und sich entschuldigt. Nur ließe er es doch nicht. "Sie können sich darauf verlassen, daß ich ihn darauf ansprechen werde", sagte Dr. König, "und daß das nicht wieder vorkommt". Und ansonsten, packte ich die Gelegenheit beim Schopfe, sei es für mich nach wie vor nicht einsehbar, daß ich hier ohne anwendbare Berufserfahrung stehen solle. Bei meiner Arbeit ergäben sich doch keinerlei Probleme! Diese Maßnahme sei meines Erachtens nicht gerechtfertigt und zudem demotivierend. "Soll ich bei Ihnen", fragte mich darauf Dr. König, "in Zukunft von einer Art Arbeitsverweigerungshaltung ausgehen? So was wie Dienst nach Vorschrift?" Keinesfalls, sagte ich, dies hätte ich in der Vergangenheit nicht durchgeführt und beabsichtigte es auch jetzt nicht. Im Gegenteil, ich würde mich weiterhin sehr anstrengen, mein Können und meine Fähigkeiten darzustellen, die im übrigen auf Berufserfahrung beruhten.

Ich steckte in der Klemme. Warum zeigte man sich derart unerbittlich? Ließen mich hier eigentlich alle im Stich? Dies, vielleicht, fragte ich mich. In der Klemme, nicht drei Wochen lang, nicht drei Monate lang, nicht sechs Monate lang.

An einem Dienstag Ende August, neun Monate, nachdem ich mir hatte klarmachen müssen, daß meine Berufserfahrung für eine Tätigkeit Sachbearbeiterin Schwefel- und Rohölverkauf als nicht anwendbar gilt, steckte die Beklemmung bei mir im Herz. Eindeutig. Seit ich mich morgens bei uns unten an der Straße von dem Kind verabschiedet hatte. Sie ging zur Schule und ich zur U-Bahn, vierzehn Minuten. Tschüß, bis heute Abend.

Ich sah ihr nach, wie sie über die Ampel ging, ich sah ihr immer noch nach, wie sie unter der Bahnbrücke hindurch ging, und da erschien mir plötzlich etwas unerträglich, etwas, zum Heulen unerträglich.

Und dies hielt an. Und am Abend wickelte ich mich in eine Decke und fror und schwitzte gleichzeitig. Krank, mein Kind. Singuläres Frauenschicksal.

zwölf

Ich dachte, ich ruhe mich aus. Ich liege auf meinem Sofa, und die Sonne scheint herein, ich rühre mich nicht, nehme diese Medikamente und ruhe mich aus. Das hätte ich gern getan. Ach könnte es doch so sein, daß ich mich ausruhe, und dann ist alles in Ordnung.

Von der Straßenkreuzung kommend machte sich in unserer Stube tosender Lärm breit. Wenn man auf dem Sofa liegt, ist's als sei man dort unten, mittendrin. Manchmal verebbt alles für einen kurzen Moment, aber schon kommt wieder der Bus (das Haus bebt), hält vor der Tür, schon fahren die Autos auf dem Ring wieder an, in den zweiten, in den dritten Gang, fahren, fahren. Die Ampel dort ist so geschaltet, daß sich, die Anhöhe herunterkommend, immer zwanzig, dreißig Autos stauen, bis es wieder grün wird. Auf der Gegenrichtung, unter unserem Balkon, sind es fünf bis zehn. Amerikanisch Abbiegen. Von unserer Straße aus biegen sie auf den Ring auch nach links ab, verbotenerweise. Hupen, gleich ein anderes. Motorräder ziehen vorbei, geben mehr Gas, Lastwagen, mit, ohne Anhänger, leer, beladen, Rumpeln, schwere Motoren, Luft entweicht, Schalten. Der Bus fährt an, die Autos wieder, in den zweiten, in den dritten Gang, Luft entweicht, quietschend läuft die U-Bahn in die Kurve, auf den Bahnhof zu. Eine Autotür schlägt, jemand schreit "Morgen!". Die U-Bahn aus der Gegenrichtung kommt aus dem Bahnhof über die Brücke, Luft entweicht, die Autos fahren an, in den zweiten, in den dritten Gang, fahren, fahren. Wieder ein Bus, Martinshorn, noch eins, Bremsen, Wiederanfahren, langsam, in den zweiten, in den dritten Gang, zügig. Dies immer, ständig. Zwischen der zweiten und vierten Nachtstunde, am Wochenende vielleicht länger, vereinzelt der Verkehr zeitweise, doch trägt die Nacht die Geräusche dafür umso klarer und eindringlicher zu uns herauf.

Ich dachte, bald sterbe ich. Für eine, der die Gnade der späten Geburt zuteil geworden ist, wie manche Leute sich gerne ausdrücken, ein früher Tod.

Abschließen können mit meinem Leben hätte ich jedoch wohl nicht.

Ich möchte mich fortentwickeln!

Aber wie es weitergehen konnte, wußte ich nicht.

Ich will gar nichts. Die Sonne scheint herein, ich schließe die Augen, ich döse, träume. Ich bin woanders, nichts hält mich. Mein Großvater, Opapa. Kennen Sie die Anrede? Eine lustige Unterscheidung: Omama und Opa und Oma und Opapa. Aber es nützt ja nichts, denn meine Großväter habe ich nie kennengelernt. In Wahrheit sind sie nie Großväter gewesen. Bei meinem Ehemann verhält es sich ebenso, die Gnade der späten Geburt schließt dies wohl häufiger mit ein. Nach dem, was man weiß, erscheint es fast unwahrscheinlich, daß man überhaupt da ist. Nur die eine oder andere Fotografie gab es, zweidimensionale Großväter. Ich hörte Geschichten, Hörensagen über Großväter, die nie Großväter gewesen sind. Ich hatte meinen Onkel Willi, der eigentlich nicht mein Onkel war. Der hat erzählt. Wie es war und erfundene Geschichten. Sein Alter lag zwischen dem meines Urgroßvaters und dem meines Großvaters. Onkel Willi, ʼzähl mal, wie das bei dir im Krieg war. Das interessierte mich am meisten. Vielleicht deshalb, weil es geheimnisvoll war. Man konnte sich das gar nicht richtig vorstellen. Im Ersten Weltkrieg, im Westen. Das ist weit weg und lange her, sagte Onkel Willi. Er war auch Turner und als solcher Sportkamerad. Immer schön den Daumen ʼrum, sagte er zu mir. Ich bin mit ihm aufgewachsen. Revierstadt. Bei Omma war das. An der Tür dort hing immer das Messingschild mit Dipl.-Ing. und dem Namen meines Großvaters. Zu welchen Zeiten sie zu wieviel Personen in dem Haus gewohnt haben, ich kann es nicht sagen. Parterre, mit ausgesparter Küchenterrasse, verputzte Treppe zum Garten, Mauer drumrum mit Hortensien, Hinterhäuser im weiten Bogen. Drei Obstbäume auf dem Rasen, Rosenbeete. An der Teppichstange hatten wir im Sommer die Schaukel. Treppe zum Keller, da können Ratten sein, links die Waschküche für die große Wäsche. Wollen wir heute mal Birnen hochholen? Denn im Herbst haben wir eingemacht. Dunkelrote Kachelsteine in der Küche, Holztisch in der Mitte. Stühle weg, ich muß wischen. Omma konnte gut backen und gut kochen. Sie hatte eine Puddingform, das war ein Fisch. Abends haben wir Bütterkes gemacht. Kohlen in der Töte, so hieß das. Verglaste Schiebetür zwischen den großen Zimmern. Einmal in der Woche war Kränzchen, da durfte man eigentlich nicht dabeisein, aber Omma hat viel gelacht. Onkel Willi hatte immer sein Zimmer, links neben der Wohnungstür, Fenster zur Straße. In dem Bett dort schliefen meine eine Schwester und ich manche Nacht zu Ende, Onkel Willi geht in die Küche und macht Ofen an. Die Rolläden konnten das Tageslicht völlig ausschließen und Muster auf die Wände werfen. Dort wohnten wir zuerst, meine Eltern, ich, meine Schwester, in dem Zimmer mit Fenster auf die Terrasse, Durchgang zum Badezimmer und angrenzendem kleinen Zimmer. Als wir nicht mehr dort wohnten, ich war drei, stellte der Bruder meines Vaters ein Bett ein, da war es sein Zimmer, aber er bewohnte es fast nie. Mein Großvater war in dem letzten Krieg im Osten, Onkel Willi war zu Hause und paßte auf die Frauen auf und die Jungens und auf wen noch. Irgendwann kam mein Großvater wieder. Ich kenne ein paar Bilder, in dem Garten, mit Verband und Stock. Aus den alten Alben, aber das war er nicht mehr, sagte Omma. Wir sind mit Onkel Willi auf den Spielplatz, Üben: Klettern,

Rutschen, Springen. Auf'm Mäuerken gehen. Eine wurde auf einer Seite immer höher, fängst du mich jetzt? Bei dem einen Gymnasium von der Treppe auf den Sockel, aufs Bronzepferd, ich kann das. Onkel Willi hatte bei sich im Krieg auch Pferde. Er hat auf sie aufgepaßt und sich um sie gekümmert. Sie hatten sie im Stall, auf dem Kasernenhof. Sie wurden für den Krieg gebraucht, dahin haben sie sie mitgenommen. Das waren schöne Pferde, seine. Wir haben in dem Flur dort auch Exerzieren geübt, wir waren häufig zu Besuch. Gewehr über, Gewehr ab, stillgestanden, präsentiert das Gewehr, rühren. Manchmal mit dem Luftgewehr. Kimme und Korn, nicht auf Personen abdrücken, da könnte immer noch mal ein Schuß drinstecken. Handstand. Und wir haben mit den Soldaten gespielt, Kiste voll. Der Bruder meines Vaters hat auch schon mal durch so ein großes Fernglas gesehen, als er klein war, es gab ein Bild davon, im Gelände, mit dem Großvater. Das war bei einer Übung. Ein Scherenfernrohr, ja. Onkel Willi hatte eiserne Kreuze und eine Gasmaske in einer Tasche im Schrank. Ich weiß nicht, ob die überhaupt ging, als ich sie aufhatte, ging sie nur ganz schlecht. Leg sie weg, wir wollen hoffen, daß wir die nicht noch mal brauchen. Ich hörte, was bei Fliegeralarm war, wo sie da hin sind und mit welchen Nachbarn, und wo die Bomben eingeschlagen sind und was sie da gemacht haben. Und daß es gebrannt hat und kaputt war. Und wie sie Kohlen geholt haben und was zu essen. Geschichten habe ich gehört, von Onkel Willi, über einen Jäger, der im Wald wohnt und immer ausging, zum Jagen. Einen Hund hatte der. Onkel Willi hatte eine blaue Stelle am Ohr; bei ihm im Krieg hat ihn dort ein Splitter getroffen. Zufall, daß er so gestanden hat, sonst wäre er weggewesen.

Auch mein Vater hat eine Kriegsverletzung. Onkel Willi, erzähl' den Kindern nicht immer die alten Geschichten, sagte Omma. Sie wollte davon nichts mehr hören, das ist aus und vorbei. Wenn ihr etwas zu viel wurde, sagte sie überhaupt gerne, jetzt ist aber Schluß mit u.

Sie mutet sich nichts zu. Das kleine Männchen fordert nichts.

dreizehn

Sich nicht zu rühren kann einem sehr übel genommen werden. Dabei konnte man in der Sache durchaus geteilter Meinung sein. Selbst mein Ehemann und ich wären darüber eventuell geteilter Meinung gewesen, wenn ich in dem Moment überhaupt eine Meinung gehabt hätte.

Zum Beispiel hätte man finden können, jeder normal denkende Vorgesetzte werde sich sagen, die ist länger krank. Wenn eine schon mal erst bis einschließlich Montag krankgeschrieben ist, ist sie länger krank. Da läßt sich nichts machen, das muß man abwarten. Wieder andere hätten sich vielleicht Sorgen gemacht. Wollen hoffen, daß es meiner Mitarbeiterin bald wieder besser geht. Im Moment kann ich nicht sagen, was mit ihr ist. Sie hat sich bisher noch nicht wieder gemeldet. Aber es sieht so aus, als werden wir erst mal ohne sie auskommen müssen.

Jedenfalls hatte ich an jenem Montag gedacht, jetzt könnte ich immerhin in der Firma Bescheid sagen, daß es mir seit letztem Mittwoch nicht besser geht und daß ich morgen zunächst einen Termin beim Spezialisten habe. Anschließend werde ich vermutlich eine Folgebescheinigung in Händen halten, mich aber in jedem Fall nachmittags noch mal melden. Hierzu fehlte es mir jedoch an dem nötigen Elan.

Mein Ehemann war sowieso der Ansicht, derartige Maßnahmen seien überflüssig. Er hat sich sogar die Mühe gemacht, für mich in meinem Mitarbeiterhandbuch nachzuschlagen, das ich in dem Moment ebenso zufällig wie pflichtwidrigerweise zu Hause liegen hatte, um es beizeiten eingehend zu studieren. In der darin enthaltenen Arbeitsordnung sind jene Angelegenheiten jedenfalls für jeden verbindlich geregelt, und dort steht: Arbeitsverhinderung.

Erstens. Ist ein Mitarbeiter infolge Krankheit, Unfall oder aus anderen Gründen an der Arbeitsleistung verhindert, so ist dies unverzüglich möglichst telefonisch dem Vorgesetzten zu melden. "Hast du gemacht", meinte mein Ehemann. Zweitens. In allen Fällen von Arbeitsunfähigkeit kann vom Vorgesetzten eine ärztliche Bescheinigung über die festgestellte Arbeitsunfähigkeit und deren voraussichtliche Dauer zur Einsichtnahme verlangt werden. Ab dem vierten Arbeitstag nach Eintritt der Arbeitsunfähigkeit hat der Mitarbeiter eine solche Bescheinigung unaufgefordert beizubringen. "Hast du auch längst gemacht", meinte mein Ehemann. Bei längerer Arbeitsunfähigkeit ist der Vorgesetzte rechtzeitig über den Zeitpunkt der Wiederaufnahme der Arbeit zu verständigen.

"Wie ich sagte", meinte mein Ehemann. "Wiederaufnahme. Sieh mal", fuhr er fort, "ist doch klar. Vom Hochofenwerk kenne ich das auch nicht anders: Wenn ich da angerufen hätte und gesagt hätte, Meister, ich bin noch krank, dann hätte der gesagt, tut mir ja leid für dich, aber du kannst mich wieder anrufen, wenn es dir wieder besser geht, damit ich weiß, wann du wiederkommst, und jetzt hau dich mal wieder hin."

Erleichtert hatte ich mich daraufhin sozusagen wieder ins Kissen sinken lassen. Bleibt zu erwähnen, daß ich wußte, daß sich mein Vorgesetzter seit jenem Montag im Urlaub befand, was an der Regelung aber auch nichts änderte. Nun galt es für mich erst mal, mich bei jenem Spezialisten untersuchen zu lassen, was meine Hausärztin veranlaßt hatte. Sie hatte gemeint, das sehe gar nicht gut aus, das könne Wochen dauern.

Mein Ehemann war da, das Kind war da. Zumindest nachmittags. Wenn man die Fenster schließt, was mir in der warmen Jahreszeit immer unangenehm ist, verringert sich der ganze Lärm von draußen um etwa ein Viertel (das Beben des Hauses verringert sich dadurch nicht). Ich weiß noch, ein einziges Mal haben wir hier so etwas wie Ruhe gehabt, in der Ferienzeit, in jenem Sommer war das. Die Kreuzung war gesperrt worden, und sie schliffen die Asphaltdecke ab, an dem Freitag Nachmittag, als mein Urlaub anfing. Mein Ehemann und ich packten Reisetaschen für einen Besuch in der Revierstadt. Unsere Tochter war schon weg, aufs Land, zu einer ihrer Freundinnen aus unserer Zeit in der Stahlstadt. An jenem Abend waren sie immer noch mit der Straße zugange, als wir die Wohnung verließen, um uns irgendwo draußen hinzusetzen, Bier trinken. Als wir wiederkamen, nachts, sahen wir weiter hinten Flutlicht, sie arbeiteten dort noch, aber auf der Kreuzung regte sich nichts, wie ausgestorben. Ruhe, eine Nacht Ruhe. Am nächsten Morgen, früh, kamen sie mit den Asphaltierwagen, bereiteten vor. Wir sahen es, beim Frühstück. Ich goß noch einmal die Blumen auf dem Balkon, der Himmel wurde dunkel. Qualm drang zu uns herauf, stank. Der Himmel wurde noch dunkler, und es begann zu regnen, seit Wochen nicht mehr geschehen, und wie! Blitze, Donner! Mein Ehemann nahm den Schirm und ging das Auto holen, fuhr es über den Gehsteig, direkt vor die Haustür. Es schüttete. Als ich dort stand, unten, in der Tür, mit den Taschen, sah ich, daß sie mit dem Asphaltieren bereits begonnen hatten. Aber dann hatten sie eingehalten. Sie saßen auf den Wagen und warteten diesen Regenguß ab, um sie herum stieg dichter Dampf auf. Regenwasser rann in breiten Bächen die Straße hinunter. War das eine Abfahrt! Damals wurden wir sozusagen hier herausgespült.

Mittwoch morgens, ich war seit einer Woche krank, saß ich am Küchentisch, hatte den Telefonapparat vor mir und wartete auf einen Rückruf eben jenes Spezialisten. Es klingelte, einmal, ich nahm den Hörer ab: "Hallo", fragend, vielleicht. Zuhause melde ich mich immer so, gute angelsächsische Sitte. "Hallo?", fragte jemand, "ist da Frau

M.?" In solchen Fällen pflege ich normalerweise rück-
zufragen, wer denn dort bitte spricht. Ich finde, man kann
von einem Anrufer erwarten, daß er sich mit Namen
meldet, alles andere wäre nicht eben höflich. In diesem Fall
jedoch verzichtete ich auf jene Rückfrage, denn ich hatte
die Stimme erkannt. Auch hatte ich darin Verwirrung
bemerkt, vermutlich darüber, daß ich mich schon so gleich
gemeldet hatte.

"Ja", gab ich der Abteilungssekretärin zur Antwort,
"guten Morgen, Frau A." Sie habe ihre Statuseingaben zu
machen und wolle wissen, wie lange ich denn noch krank
sei, sagte Frau A. ohne weitere Umschweife. Jute Frage!
Gradezu doll! Ich antwortete, das wisse ich nicht. Erst
gestern habe mich der Arzt zunächst noch einmal bis zum
Ende der Woche weiter arbeitsunfähig geschrieben, ich
nannte ihr das Datum. Ob sie die Bescheinigung denn
noch nicht erhalten habe? "Davon wissen wir hier gar
nichts", sagte Frau A., "sagen Sie mal, finden Sie das gut,
gegenüber Ihren Kollegen?" Ich zögerte einen Moment.
Jegenüber meen'n Kollegen. Ihnen schon ma' gleich
ausjenomm'n, oder wat. Mir fehlte jedoch der Nerv für
diesen Zusammenhang, ich sagte: "Naja, was Sie wissen
müssen, habe ich Ihnen gesagt, wiederhören!" und legte
auf.

Dabei konnte von wissen müssen keine Rede sein.
Statuseingaben sind bei Änderung des Status zu machen.
Einen Status immer noch krank gibt es nicht. Und wieso
wußten sie dort von der Folgebescheinigung nichts? Hatte
Frau A. überhaupt die Post schon geöffnet, bevor sie mich
anrief?

Wieder klingelte das Telefon, "Hallo". "Ja, hier König,
guten Morgen, Frau M.", hörte ich. Wat is' denn nu' los?
"Guten Morgen, Herr Dr. König", sagte ich. Er habe gerade
mit Frau A. gesprochen, bezüglich meiner Krankmeldung,
sie habe sich ja bei mir erkundigt. Jetzt sei ihm aber völlig

unverständlich, daß ich ihr eine offenbar so wenig präzise Angabe gemacht hätte, daß Frau A. ihm nicht habe sagen können, wie lange ich denn nun zunächst noch einmal krank sei. Zunächst noch einmal. Das waren meine Worte gegenüber Frau A. gewesen. "Wieso", sagte ich, "Ich weiß nicht, warum Frau A. Ihnen das nicht sagen konnte. Ich habe ihr ganz klar gesagt, daß ich zunächst noch einmal bis Freitag arbeitsunfähig bin." "Frau M.", sagte Dr. König, "Sie werden doch verstehen, daß ich rechtzeitig eine Bescheinigung benötige." Wat will der Mann? Wat versteht denn der unter rechzeitich? Ich sagte: "Soweit ich weiß, müssen Sie die Bescheinigung spätestens am dritten Tag erhalten, und ich habe die Bescheinigung gestern mittag in den Briefkasten geworfen, gleich nachdem ich beim Arzt war. Als ich gestern nicht in der Firma war, muß doch auch klar gewesen sein, daß ich immer noch krank bin! (mir brach Schweiß aus) Ich weiß gar nicht, warum ich heute hier angerufen werde! Was fragen Sie mich hier eigentlich? Ich bin krank! Verstehen Sie das?" "Frau M.", sagte Dr. König, "Die Arbeitsordnung sieht vor, daß ich von Ihnen rechtzeitig informiert werde. Und das ist auch in unserer Abteilung so üblich. Frau A. kann sonst ihre Eingaben auch nicht machen." "Ich sagte doch", sagte ich, "daß ich Frau A. längst informiert habe! Dabei hätte sie ihre Eingaben auch später machen können. Und außerdem weiß ich überhaupt nicht, wieso ich mich von Frau A. maßregeln lassen muß!" Dr. König sagte: "Finden Sie nicht, daß das eine Zumutung ist? Ich wußte ja gar nicht, ob ich von Ihnen für gestern überhaupt eine Bescheinigung habe. Sie sind sich darüber im klaren, daß ich eine lückenlose Arbeitsunfähigkeitsbescheinigung benötige?" Ich sagte, selbstverständlich, und die bekomme er auch. "Na dann", meinte Dr. König, "Wiederhör'n", und legte auf.

Klasse!, dachte ich. Dr. Könich is' rechzeitich und lückenlos Klasse! Allererste Sonderklasse bestimmt sojar! Meene Jüte, jeht hier die Post ab!

Dann klingelte das Telefon zum dritten Mal, und jener Spezialist war am Apparat. Er habe sich also die Meßergebnisse angesehen und bitte mich, am nächsten Tag noch einmal bei ihnen vorbeizukommen, er wolle mich einem Kollegen vorstellen.

Dagegen war nichts einzuwenden. Ich verzog mich wieder in die Stube, auf mein Sofa.

So. Dr. König erwartete von mir also rechtzeitig Meldung. Dienstag, erster neunter (Bereits ab vier Uhr fünfundvierzig wurde von unserer Seite aus geschossen), Truppe zum Neun-Uhr-Appell vollständig angetreten. "Melde gehorsamst: Bin immer noch krank! Ruhe ist angeordnet! Neuer Termin beim Arzt heute Mittag!" - Mittwoch, zweiter neunter, Truppe zum neun-Uhr-Appell vollständig angetreten. "Melde gehorsamst: Krank bis einschließlich Freitag! Bescheinigung per Post unterwegs!" Wäre das nicht stilvoll gewesen? Und Dr. König hätte mich in ähnlich stilvoller Weise vom Dienst beurlauben können. Ganz phantastisch!

Unkollegial, sich nicht gemeldet zu haben! Eine Zumutung! Und dem allen hätte ich mit nur ein, zwei Anrufen aus dem Weg gehen können und hatte es nicht getan? An die Wand! Truppe: durchzählen! Alle geraden Zahlen: Aus der Reihe vorgetreten! Legt an! Feuer!!!

vierzehn

Ohne Onkel Willi hatte ich nicht leben wollen. Jenen Vorsatz habe ich jedoch nicht ausgeführt; ich bin irgendwie darüber hinweggekommen. Damals wohnten wir auch schon in der geteilten Stadt, und es war sowieso alles anders.

Man bekam die Mauer im Kopf. Und den Todesstreifen und die Übergänge und das Tor.

Ich befand mich nicht mehr in einer ganzen Ansammlung von Städten, sondern in genau einer. Beziehungsweise einer halben. Deren Umgrenzung zudem von grau uniformierten und bewaffneten Soldaten belagert war.

Diese Stadt lag nicht auf dem Wege zu einer anderen. Man fuhr hin und dann war man drin.

Ich war noch keine zwölf und besuchte wieder die Grundschule, die dort nicht vier-, sondern sechsstufig ist. Zudem war ich zurückversetzt worden, denn im Revier hatte es zwei Kurzschuljahre gegeben, und dann waren ganzjährig einige Fächer nicht erteilt worden, wegen Lehrermangel.

Dort gab der Klassenlehrer die meisten Fächer. Die Direktorin gab Geschichte, was ich noch gar nicht gehabt hatte. Sie waren gerade bei den Germanen, und ich in einem ganz neuen Haufen. In einer einzigen ungeheuren Stadt. Mit wahrhaften Wahrzeichen darin. Und Ruinen, riesigen Freiflächen und monumentalen Anlagen. Einem Labyrinth gleich. Dessen Mittelpunkt sich außerhalb der Umgrenzung befand. Es gab das Westkreuz, doch das Ostkreuz befand sich - außerhalb. Das Labyrinth selbst war der Mittelpunkt.

Es konnte schneidend kalt werden und stehend warm. Und es gab sehr viel Grün. Straßenbäume. Das habe ich auch mal meinem Vorgesetzten gesagt, als der mich am Mittagstisch fragte, ob es mir hier, in dem Seehafen, denn nun gefalle. Ich bejahte und fand, vor allem sei es hier sehr schön grün. Das würde ich nur noch aus jener Stadt so kennen. Dazu ist ihm nichts eingefallen. Leute wie mein Vorgesetzter halten sich heraus, wenn sie ihre Antwort haben.

In jener Stadt habe ich elf Jahre verbracht. Wie oft ich Transitstrecke gefahren bin, möchte ich nicht wissen.

Ich bin auch im Ostteil gewesen. Einmal blieb ich bis zur Nacht darauf, ich war vierzehn. Ich dachte, sie merken es vielleicht nicht. Haben sie aber doch. Und dann sollte ich ihnen sagen, wo ich war und weswegen und erkennungsdienstlich und so. Ich sagte, ich wüßte es nicht mehr genau, und wir hätten uns nett unterhalten, und ich hätt' wohl die Zeit verschlafen. Und da haben sie mich irgendwann gehen lassen.

Ich war auf dem Gymnasium und habe mich herumgetrieben. Für mich stand alles in Frage. In der neunten bin ich absolut hängengeblieben, dann habe ich eine übersprungen. Zum Abitur hat der Chef zu mir gesagt, ich sei die Gewinnerin des Systems. Er meinte die reformierte Oberstufe, meine teilweise dermaßen gefallenen Noten und den nicht üblen Durchschnitt.

Ich habe Ethnologie studiert, das ist Völkerkunde. Jedoch nur anstudiert. Ich hatte keinen Plan. Zwischendurch habe ich gearbeitet, auch mit meinem Ehemann zusammen. Ich kenne ihn aus der Schule noch. Als er schon Abi hatte, sind wir Zeitungen ausfahren gewesen. Fast jede Nacht. Kleine Tour oder große Tour, durch die ganze Stadt. Stapel hier, Stapel dort, Schlüssel, Leute haben gewartet, Austeiler. Und früh morgens sind wir noch inne Kneipe, auch Billard spielen. Im Labyrinth war Tag und Nacht was los.

Dem Katzen hat vier Beinen. An jedem Ecken einen. Und einen langen Schwanz. Das ist dem Katzen ganz.

Ich wohnte in zweiundvierzig, in sechsunddreißig und in fünfundsechzig, in einundsechzig und in zweiundsechzig.

Unsere Tochter ist in vierundvierzig geboren, da wohnten wir in zwölf.

Sie bedient sich eines Taschenspielertricks. Das kleine Männchen lacht dazu.

fünfzehn

Mein neuerlicher Besuch bei den Spezialisten hatte ergeben, daß aus deren Sicht kein Grund bestand, mich weiter krankzuschreiben.

Nun, ich fühlte mich elend, aber ich will mich kurzfassen, denn ich mußte ja doch wieder 'ran. Habe also am folgenden Freitag den Anruf erledigt, Sie wissen schon, Wiederaufnahme. Daß es mir besser geht.

Den folgenden Montag bekam ich noch frei, hatte längst Urlaub dafür beantragt. Rückfrage von Frau A. bei Dr. König, das ginge in Ordnung.

Am Dienstag um neun, guten Morgen, erschien Dr. König im Türrahmen meines Arbeitszimmers, ob ich bitte gleich mal bei ihm vorbeischauen könnte, und verschwand wieder. Ich ging hinterher, sah ihn noch in sein Zimmer einbiegen, und selber dort angelangt, klopfte ich an seine Tür. Dr. König stand hinten an seinem Schreibtisch und hantierte mit einer Aktentasche. Er wendete kurz den Kopf in meine Richtung und sagte: "Kommen Sie herein und schließen Sie bitte die Tür." Ich tat's. Er schloß die Aktentasche, "bitte setzen Sie sich" und nickte zu einem Stuhl an seinem Besprechungstisch. Ich nahm Platz. Er selbst setzte sich auf die Ecke seines Schreibtisches, holte Luft und sagte: "Frau M., haben Sie ein Mitarbeiter-handbuch?"

Mitarbeiterhandbuch! Was kam jetzt? Jeder Mitarbeiter hat doch - und ich gerade nicht! Wenn ich jetzt antwortete, sicher habe ich ein Mitarbeiterhandbuch, würde er womöglich sagen, wollen Sie es dann bitte herholen? Dann müßte ich sagen, das ist mir leider nicht möglich, ich habe es zu Hause. Und er würde sagen, Frau M., ein

Mitarbeiterhandbuch hat am Arbeitsplatz zu liegen, das sollten Sie wissen.

"Haben Sie keins?", fiel mir ein, mit der Betonung auf keins.

"Frau M.!", donnerte Dr. König und schrie weiter: "Hier hat jeder ein Mitarbeiterhandbuch!" Er erhob sich (ein Punkt für mich) und machte sich an einem Schränkchen zu schaffen, ließ es aber gleich wieder und sagte, wieder in ruhigem Ton, er könne es gerade nicht finden, sei jetzt auch nicht so wichtig, und setzte sich mir gegenüber an den Besprechungstisch.

Wohl wichtig sei, sagte er, daß ich mich nicht gemeldet hätte, als die ihnen vorliegende Krankmeldung abgelaufen war. Ich solle bitte zur Kenntnis nehmen, daß das in dieser Abteilung üblich sei. Ob ich mir das nicht habe denken können. Auch die Arbeitsordnung, die sich im Mitarbeiterhandbuch befände, sähe Entsprechendes vor.

Ich sagte zu Dr. König, daß meiner Ansicht nach schon für Frau A. keine Veranlassung bestanden habe, mich während meiner Krankheit zu Hause anzurufen, zumal bereits am Tag vorher offensichtlich gewesen sei, daß ich immer noch krank war, und daß man davon hätte ausgehen können, meine Folgebescheinigung spätestens am dritten Tag nach Ablauf der ersten Krankmeldung in der Post zu haben, was ja auch in meinem Interesse zu liegen habe. Davon abgesehen nähme ich seinen Wunsch nach einem telefonischen Zwischenbescheid zur Kenntnis und würde dem beim nächsten Mal entsprechen. Was die Arbeitsordnung angehe, könne ich mir eigentlich nicht vorstellen, daß dies dort so geregelt sei, aber ich wolle das prüfen.

Dr. König schüttelte den Kopf. "Frau M.", sagte er, "Da Sie sich heute mir gegenüber immer noch uneinsichtig zeigen, werde ich Ihnen jetzt eine Verwarnung erteilen." Er griff unter den Tisch, holte eine weitere Aktentasche hervor und entnahm dieser ein Papier, das er vor sich auf den Besprechungstisch legte. Ich sah, daß es maschinell beschrieben war. "Abteilung Verkauf, zweiter neunter, Aktenvermerk zur Personalakte", las Dr. König vor, sah mich eindringlich an und las weiter: "Verwarnung gemäß Arbeitsordnung wegen unentschuldigter Abwesenheit. Frau M. ist aufgrund vorliegender Krankmeldung vom sechsundzwanzigsten bis einunddreißigsten achten krankgeschrieben. Am Dienstag, den ersten neunten, ist Frau M. nicht erschienen. Eine Verlängerung der Krankmeldung lag nicht vor und eine telefonische Information ebenfalls nicht. Am Mittwoch, den zweiten neunten, habe ich Frau A. gebeten, telefonisch gegen zehn Uhr bei Frau M. nachzufragen, da immer noch keine verlängerte Krankmeldung, in Klammern weder telefonisch noch schriftlich, vorlag. Frau A. hat eine - nach ihren Aussagen - wenig präzise Antwort erhalten, aus der sie insbesondere auch nicht entnehmen konnte, wie lange Frau M. zunächst nochmals krank ist. Ich habe daraufhin Frau M. angerufen, da ihr Vorgesetzter im Urlaub ist. Frau M. äußerte Unverständnis über die telefonischen Nachfragen, da sie doch krank sei. Ich verwies sie auf die für uns alle gültige Arbeitsordnung, nach der ich ab ersten neunten eine rechtzeitige Anschlußinformation benötige. Sie erklärte, daß sie am Dienstag, in Klammern erster neunter, beim Arzt gewesen sei, eine entsprechende Krankmeldung sei mit der Post unterwegs. Sie meinte, daß dies regelgerecht ist. Ich habe ihr erklärt, daß ich eine rechtzeitige Information - in diesem Fall dann telefonisch - erwartet hätte, wie es üblich ist in unserer Abteilung und meines Erachtens die Arbeitsordnung auch vorsieht. Da Frau M. wenig Verständnis für diese Anforderung zeigte, vielmehr es als Zumutung darstellte, daß wir am zweiten unentschuldigten Tag morgens telefonisch nachfragten, habe ich ihr gegenüber heute am", Dr. König zog einen

Füllhalter hervor, schrieb Ziffern in eine Textlücke und las weiter, "am achten neunten unter Hinweis auf die Arbeitsordnung Paragraph elf Arbeitsverhinderung erstens eine Verwarnung ausgesprochen, um ihr deutlich zu machen, daß wir dieser Frage entsprechende Bedeutung beimessen."

Dr. König hielt mit Vorlesen inne und sagte, diesen Vermerk gedenke er, nach seiner Unterschrift zu meiner Personalakte nehmen zu lassen. Ich würde, ebenso wie mein Vorgesetzter und der Betriebsrat, demnächst eine Kopie davon erhalten. Das sei es gewesen.

Eins zu allererste Sonderklasse. Ich konnte gehen.

Sie stellt eine Frage. Das kleine Männchen weint dazu.

sechzehn

Herr Junge hat mal zu mir gesagt, er habe den Verdacht, ich baute dort ein Riesensystem auf. Das stimmte insofern, als ich dort mit der Zeit etwas aufgebaut habe. Aber nichts Riesiges. Eher etwas Brauchbares. Weil Herr Junge jedenfalls kein Riesensystem aufgebaut hat, sondern mir damals vielmehr ein Gewirr aus Teillösungen überließ. Seine Rechnertabellen bildeten die jeweilige Situation im Zusammenhang sozusagen mit dem Schwefelsee nur grob ab. Und auch nur unsere Situation. Was im einzelnen geschehen war, was geschehen würde und zu geschehen hatte und was mit den Partnern war, ließ sich nur ermitteln, indem man Bleistift und Taschenrechner zur Hand nahm und Zwischenrechnungen durchführte. Es fehlte an einem Instrument, mit dem man diese Zwischenrechnungen auf dem laufenden halten konnte, um die Entwicklung überschaubar zu machen. Und dieses Instrument ist aus meiner Arbeit hervorgegangen. Nach und nach. Es entstand aus ihr und wirkte gleichzeitig in sie hinein. Vermessen, vielleicht, es mit einem Getriebe zu vergleichen, einem Synchrongetriebe. Es war auch nicht perfekt, sondern meinetwegen notdürftig zusammengeschustert. Aber es war wirksam. Ich war auf der Höhe, konnte von daher unsere Interessen wahrnehmen, ausgleichen mit Gegenvorschlägen.

Unübersehbar.

Mein Vorgesetzter rief mich kurzfristig zu einer Besprechung in sein Büro: "Lassen Sie ruhig alles liegen und kommen Sie gleich her." Herr Junge hätte auch gerade Zeit. Ich ging zum Büro meines Vorgesetzten hinüber und nahm, bitte setzen Sie sich, am Besprechungstisch Platz. Herr Junge kam ebenfalls und brachte sein Kalenderbuch und seine Pfeifentasche mit. Unser Vorgesetzter führte das Wort. Terminabstimmung. Herr Junge trug ab und zu etwas in seinen Kalender ein, hantierte zwischendurch mit einer seiner Pfeifen, zündete sie schließlich an, stopfte den Tabak fester und lehnte sich zurück. Fortgang Schwefelgeschäft. Unser Vorgesetzter saß ebenfalls zurückgelehnt auf seinem Stuhl, hatte ein Bein über das andere geschlagen und ging, eine nach der anderen, die einzelnen Verkaufsmöglichkeiten durch. Ab und zu beugte er sich vor, sah auf die Jahresübersicht vor sich auf dem Tisch und lehnte sich wieder zurück. Was ist Ihre Meinung, fragte er jedesmal und ließ ausreden. Noch eine Anmerkung, hier eine Notiz, da eine. Die Herren schienen Zeit zu haben. Die Sonne schien herein, und der Wind, der durch das schräggestellte Fenster kam, bewegte ein Fähnchen an einer Stange. Moment, sagte ich, hierzu wolle ich mal eben aus meinem Büro eine Unterlage holen. Dieser Punkt sei mir anders in Erinnerung. Nein, sagte unser Vorgesetzter, nicht nötig, so genau bräuchten wir das jetzt nicht klären. Ich dachte, genau dazu säßen wir dort, um einzelne Punkte zu klären, und sagte: "Doch, ich hole das jetzt. Das möchte ich jetzt wissen. Nur einen Moment." Erhob mich in Richtung Tür. "Bleiben Sie bitte hier", sagte unser Vorgesetzter eindringlich. "Gleich wieder da", sagte ich, zog die Tür auf, trat auf den Flur und bewegte mich in Richtung meines Büros. Ich hörte unseren Vorgesetzten rufen: "Frau M.! Kommen Sie zurück! Ich habe die Besprechung noch nicht beendet!", ging weiter. Ich wollte diese Unterlage vor mir haben. Drückte die Tür zu meinem Büro auf, und da saßen und standen um meinen Schreibtisch herum bestimmt fünf Personen, die offensichtlich mit dem Rechner beschäftigt waren. Herr L., der sein Zimmer dem meinen gegenüber hatte, so daß wir uns recht gut bekannt waren, kürzlich zusammen mit Dr. König neuer Prokurist geworden, stand auch dabei. Ihn sah ich kurz an, es schien ihm peinlich. "Guten Tag", sagte ich, ging auf die Gruppe zu, "Darf ich mal?", beugte mich zwischen den Herren über meinen Schreibtisch, nahm von dort eine Akte, trat wieder zurück, schlug sie auf, fand mein Papier, legte die Akte geöffnet beiseite und ging wieder. Niemand außer mir hatte ein Wort gesagt. Den Flur entlang. Wohl zweimal zuviel. Wieder betrat ich das Büro meines Vorgesetzten. War da Neugier in den Augen dieser beiden Herren? Spannung? Ich erwähnte das eben Erlebte jedenfalls mit keiner Silbe. Ich setzte mich und legte mein Papier vor mich. "Frau M.", sagte unser Vorgesetzter, "Vorhin mußte ich Ihnen hinterherrufen, daß unsere Besprechung noch nicht beendet ist. Das haben Sie wahrscheinlich nicht mehr gehört, aber ich hatte schon vorher zu Ihnen gesagt, daß Sie bitte hierbleiben, und bitte Sie jetzt hiermit, wenn ich das nächste Mal sage, daß Sie bitte hierbleiben, dann bleiben Sie bitte hier." "Jawohl, mach ich", sagte ich zu meinem Vorgesetzten. Der brachte die Besprechung zügig zu Ende.

In Dr. Königs Arbeitszimmer. Mein Vorgesetzter hatte mich gebeten, ihn dorthin zu begleiten, damit ich diesem aus erster Hand eine gewisse plötzliche Entwicklung im Tagesgeschäft auseinandersetzte. Eine Notlage, eine neuerliche Notlage. Der Schwefel war bereits knapp, weil die Reinigungsanlagen nicht liefen wie vorgesehen, und dazu hatte sich nun bei der einen eine Riesenpanne beim Weitertransport ergeben. Bis auf weiteres keine Möglichkeit. Prost Mahlzeit. Herr L. war auch zugegen. "Frau M. bringt immer neue Hiobsbotschaften", sagte mein Vorgesetzter einleitend. Ich schilderte den Sachverhalt, wir klärten die notwendigen Maßnahmen. Ob ich wisse, wer Hiob sei. Mein Vorgesetzter ließ nicht locker. Den findet man wohl in der Bibel, vermutete ich. Was Hiob widerfahren sei, fragte mein Vorgesetzter. Das wußte ich nicht. Hiob sei die Kehle durchgeschnitten worden, ließ mein Vorgesetzter mich da wissen und machte mit der Hand eine entsprechende Bewegung. Sollte das eine Warnung sein? Vor einem neuerlichen Tiefschlag? Ich sah in die Runde. Keiner rührte sich, man erwartete meine Reaktion. Stehen hinter meenem Vorjesetzten, diese unheimlichen Leute, dachte ich. Kehledurchschneiden kenne ick von woanders her. Wat looft hier ab? "Von wem?", fragte ich. Da sei er jetzt auch überfragt, antwortete mein Vorgesetzter.

Ich weiß jetzt, daß Hiob ein gesegnetes Ende gehabt hat. Und ich weiß, wer vielmehr wem die Kehle durchgeschnitten hat. Nicht wegen schlechter Nachrichten, sondern wegen der Belagerung ihrer Stadt. Die mit meinem Vornamen, die. Dem Anführer der Belagerer, die Kehle durch.

Sie kann sich wohl erinnern.

siebzehn

Meine Lage spitzte sich zu.

Eines Tages, in meinem achtzehnten Monat in der Abteilung, kam mein Vorgesetzter mit einem handschriftlichen Schreiben zu mir und sagte, es sei jetzt bald soweit, daß ich auch diesen Teil meines Postens wahrzunehmen hätte. Die Stenokontoristin verlasse demnächst die Firma, und er habe hier einen Brief zu schreiben, was ich jetzt schon mal für ihn machen könne, damit ich mich an derlei gewöhne. Ich sagte, danke, sehr aufmerksam, aber ich bräuchte mich nicht gewöhnen, das gehöre bei mir zu den leichtesten Übungen. Worauf mein Vorgesetzter mit seinem Brief wieder verschwand. Bald jedoch hatte ich ein Bandabhörgerät und wurde von Stimmen heimgesucht. Frau M.: Zunächst einmal vielen Dank für das schnelle Schreiben des XY-Briefentwurfes. Da sich an diesem Schreiben jedoch eine ganze Menge ändert, hab' ich den Brief noch einmal komplett neu angesagt. Die Anschrift bleibt, allerdings setzen Sie dazu bitte per Einschreiben. Das Betreff bleibt, allerdings streichen Sie das Wort betrifft. Überschrift: sehr geehrter ... Mit freundlichen Grüßen, Abteilung Verkauf. Achtung: Die Unterschriften lassen Sie bitte noch offen. Und nun erfolgt eine Änderung dieses Textes aufgrund eines Anrufes YZ am vierzehnten, und zwar streichen Sie bitte den Text unter Ziffer zwei, aus Ziffer drei wird Ziffer zwei, aus Ziffer vier wird Ziffer drei und schreiben Sie bitte einen neuen Text unter Ziffer vier: ... Achtung, Frau M.: Bitte schreiben Sie bei dem Brief an XY wie bei der ersten Fassung bitte auch drunter: Anlage: zwei Vertragsoriginale. So. Das war's. Vielen Dank für Ihre Hilfe. Ende. Danke.

Seltsam war, daß mein Vorgesetzter offenbar davon ausging, ich bräuchte seine Briefe, Vermerke, Notizen oder Übersichten nur geschrieben zu haben, um über den Inhalt informiert zu sein. Frau M., erinnern Sie? Das haben wir doch erst vor ein paar Tagen an Firma XY geschrieben. Bitte sehr, konnte sein. Ich hatte den Brief geschrieben, ja, aber ihn dann von meinem Vorgesetzten zurückbekommen, mit etlichen Einfügungen, Pfeilen und durchgestrichenen Textteilen versehen. Hier einen Absatz und hier und hier einen. Und hier diese Wortstellung. Und nicht einundsiebzig, sondern circa siebzig. Und dies und dies jetzt doch nicht als Überschrift und auch nicht fett. Und dies bitte mit Stern als Fußnote schreiben, Text. Und hier noch d. h., Text. Und u. zw. soll ich bitte ausschreiben. Das war's? Und Ausdruck. Oder hatte ich das Papier noch einmal zurückbekommen? Und als Kopieempfänger war ich von meinem Vorgesetzten auch nicht vorgesehen gewesen und hatte deswegen auch keine bei meinen Unterlagen. Ob ich erinnere? Wen? Den vierten Fall? Ohne Rückbezug?

Eher nicht, sagte ich zu meinem Vorgesetzten.

Dieser und Herr Junge stapelten ihre Entwürfe bei mir, schriftlich oder auf Tonband. Ebenso die korrigierten Entwürfe und die unterschriebenen Ausdrucke. Bitte eilig, nicht eilig, Rückgabe nach Prüfung durch Vorgesetzten, Abschicken, intern Verteilen. Je nachdem.

Hin und wieder kam mein Vorgesetzter mit einem meiner Ausdrucke für ihn in mein Arbeitszimmer, um mir seine Korrekturen gleich in die Maschine zu diktieren. Je nachdem.

Ab und zu saß ich mit Herrn Junge und unserem Vorgesetzten an dessen Besprechungstisch. Je nachdem.

Bitte hier einen Absatz einfügen, und das nehmen Sie mal ganz weg und schreiben Sie dafür ..., was auch immer.

Er bitte mich, die Papiere nicht mehr an ihren Büros vorbei nach vorne zu den Posteingangskörben tragen. Das mache keinen Sinn, sagte mein Vorgesetzter. Je nachdem.

Sie als unser Kontaktmann zum Schwefelexportbetrieb, sagte unser Vorgesetzter und meinte mich. Niemand sonst.

Manchmal zeigte mein Vorgesetzter an meinem Bildschirm auf eine Stelle in seinem Text. Welche auch immer.

Hin und wieder überraschte mich mein Vorgesetzter mit seinen unveränderten Sitzgewohnheiten, Fußsohlen an der Wand. Je nachdem.

"Einen Moment bitte", unterbrach ich unseren Vorgesetzten, "Was mich betrifft, benennen Sie diese Funktion doch bitte wenigstens neutral."

Und manchmal hinterließ mein Vorgesetzter auf meinem Bildschirm einen Fingerabdruck. Nicht irgendwo.

"Sagen Sie zum Beispiel 'Kontaktperson'", schlug ich vor. "Oh ja, richtig, Entschuldigung", gab unser Vorgesetzter den Mangel in seiner Ausdrucksweise zu.

"Bitte nehmen Sie ein Lineal - hier", sagte ich, "Sie hinterlassen Fingerabdrücke auf dem Bildschirm, und das stört." Nicht irgendwen.

Ich saß vor meinem Bildschirm, und mein Vorgesetzter kommt herein.

Einmal sogar, nachdem er mich telefonisch aufgefordert hatte, mal bitte zu ihm zu kommen. Zu niemand sonst.

Und unser Vorgesetzter hob wieder an, Sie als unser Kontaktmann zum Schwefelexportbetrieb, und meinte mich. Wieder unterbrach ich ihn, er sei unmöglich. Nicht irgendwer.

Ich saß vor meinem Bildschirm, und mein Vorgesetzter kommt herein, schnurstracks auf mich zu.

Ich habe es nur ein einziges Mal geschafft, meinem Vorgesetzten zuvorzukommen, habe das Lineal genommen, seine Hand in der Bewegung zum Bildschirm damit weggeschoben und es ihm in die Hand gegeben. Genau einmal.

Ich saß vor meinem Bildschirm, und mein Vorgesetzter kommt herein, schnurstracks auf mich zu und stellt sich an meine Seite.

Ich sah Herrn Junge an, der grinste. Ich sah unseren Vorgesetzten an, der grinste auch. Nicht wegen nichts.

Ich saß vor meinem Bildschirm, und mein Vorgesetzter kommt herein, schnurstracks auf mich zu und stellt sich an meine Seite. Paßte keine Briefmarke mehr zwischen.

Seine Tür hielt mein Vorgesetzter nun häufiger geschlossen, aber ich könne sein Arbeitszimmer jederzeit betreten. Wann auch immer.

Kein Ermessensspielraum. Er weise mich an, generell die Papiere weder an diesem noch an jenem Büro vorbeizutragen, das mache keinen Sinn, sagte mein Vorgesetzter. Nicht einen.

Ich saß vor meinem Bildschirm, und mein Vorgesetzter kommt herein, schnurstracks auf mich zu und stellt sich an meine Seite. Paßte keine Briefmarke mehr zwischen. Nicht mal die Idee einer Briefmarke paßte da noch zwischen, und wedelt mit Papieren unter meiner Nase. Paßte keine Hand mehr zwischen. Nicht mal ein Blick paßte da noch zwischen.

"Zeigen Sie hiermit", sagte ich, beziehungsweise

"Das ist nicht witzig."

Berührt mich so, wedelt so, und fragt mich was, mein Vorgesetzter.

Bei jener Gelegenheit habe ich auf den Hacken wieder kehrt gemacht, beziehungsweise bei jener

rührte ich mich nicht.

Im übrigen soll ich auf Fragen keine Gegenfragen stellen.

achtzehn

Eine Zwickmühle bedeutet eine Zwangslage, aus der es kein Entrinnen gibt. Entscheidend ist: Der fünfte Stein zieht immer hin und her. Von zu nach zu. Zuletzt steht Mühle gegen Mühle, und der Zwickmüller öffnet in einen Doppelfang, in ein Dilemma.

In meiner Sache behielt mein ehemaliger Arbeitgeber zwar nicht ausschließlich die Oberhand, aber da er mit der Materie vertraut war, und wie die Interessenlage nun einmal war, wurde mein Dilemma dennoch mehr oder weniger in Ruhe abgewickelt.

Ergebnis ist, daß ich nunmehr seit über zwei Jahren auf der Straße stehe. Inmitten blühender Landschaften, könnte man rückschließen. Immerhin, jedoch habe ich mein Pensionsalter noch nicht erreicht.

Es ist das Jahr sechs nach der Wende, morgen ist mein siebenunddreißigster Geburtstag.

Jahrestag, er fällt in die Jahrestage. Die Jahrestage der Befreiung, will ich sie nennen. Fünfzig Jahre Befreiung von Faschismus deutscher Prägung.

Mein Geburtstag ist der holländische Befreiungstag. Und meine Mutter ist Holländerin. Mein Vater ist Deutscher. Das bedeutet wenigstens, daß ich in Konflikte kommen könnte. Wäre ich morgen dort, hätte ich einen, wäre ich in vier Tagen hier, hätte ich einen. Das ließe sich nur vermeiden, wenn ich gar nicht erst den Mund aufmachte oder allenfalls ja sagte. Beinahe eine Patentlösung zur Konfliktvermeidung überhaupt.

Schön wär's.

Allerdings pflege ich Konflikte nicht auszutragen, indem ich mich ins feindliche Lager begebe, um jemandem die Kehle durchzuschneiden, wie es jener Schwefelverkäufer vielleicht vermuten wollte. In dem Zusammenhang waren dort alle Mann auf dem Holzweg. Obwohl man mir durchaus die Gelegenheit gegeben hat, mich wie in einem feindlichen Lager zu fühlen, aber das ist nicht mein Problem.

Man kann sich nicht zweiteilen, nicht an zwei Orten zugleich sein. Ein Paradox ward nie gesehen. Beide Zeugen können nicht die Wahrheit sagen - entweder oder. Aber war es nicht Notwehr eher als Heimtücke? Waren nicht alle Möglichkeiten einer gütlichen Beilegung ausgeschöpft gewesen? Übriggeblieben allein Gegenwehr, ein Übergriff? Und war dieser Umstand nicht auch in Kauf genommen worden? Eine Aufforderung gar?

Soll man auf Befreiung warten, auf Übernahme? Auf Ernüchterung und Umdenken? Auf ein Ende des Spuks, die Wende? Und wer teilt die Verantwortung dafür?

Vom Opfer zum Täter werden? Zum Täter am Täter? In welchem Moment? Wo die Chance? Das Risiko?

Nicht alles läßt sich vereinbaren, zwei Orte bleiben wo sie sind.

Wer aber könnte die Dilemmas zählen?

neunzehn

Ich bin Zeitzeuge. Ich lebe in dieser Zeit. Genau hier. Ich sah weder das Altertum noch das Mittelalter, nur dies Stückchen Neuzeit.

Ich habe Onkel Willi noch gekannt. Onkel Willi hat immer gesagt, ich muß mich erst besinnen. Und dann holte er eine Geschichte hervor, trug sie mit seinen Worten aus der Vergangenheit in die Gegenwart.

Da war ein Zustand, und dann passierte etwas, und dann war wieder ein Zustand.

Ein Zustand, eine dritte Person entschied etwas und unternahm also etwas, wieder ein Zustand.

Ein Zustand, eine dritte Person entschied etwas, unternahm also etwas und traf auf etwas, wieder ein Zustand.

Ein Zustand, eine dritte Person entschied etwas, unternahm also etwas, traf auf etwas, entschied etwas und unternahm also etwas, wieder ein Zustand.

Allgemein ausgedrückt.

Entsprechend läßt sich übertragen.

Stadtlandschaft. Von der Straßenkreuzung kommend macht sich in unserer Stube tosender Lärm breit (zeitweise bebt das Haus). Zwischen der zweiten und vierten Nachtstunde, am Wochenende vielleicht länger, vereinzelt der Verkehr zeitweise, doch trägt die Nacht die Geräusche dafür umso klarer und eindringlicher zu uns herauf. Wenn man die Fenster schließt, was mir in der warmen Jahreszeit immer unangenehm ist, verringert sich der ganze Lärm von draußen um etwa ein Viertel (das zeitweise Beben des Hauses verringert sich dadurch nicht). Ich habe mein Pensionsalter noch nicht erreicht und stehe seit über zwei Jahren auf der Straße. Inmitten blühender

Landschaften, könnte man rückschließen, aber ich kann ja auch die Augen aufmachen. Aber.

Nicht vergessen, auch das will ich, denn ich möchte folgerichtig denken und alte Fehler vermeiden. Nur bedeutet das wenigstens, daß ich in Konflikte kommen könnte. Also frage ich mich: Wenn sich also von der Straßenkreuzung kommend in unserer Stube tosender Lärm breitmacht (zeitweise das Haus bebt), ich mein Pensionsalter noch nicht erreicht habe, seit über zwei Jahren auf der Straße stehe und rückschließen könnte, inmitten blühender Landschaften, und ich aus guten Gründen nicht vergessen will, warum sollte ich dann die Augen aufmachen, wenn das wenigstens bedeutet, daß ich in Konflikte kommen könnte? Hätte sich vielleicht jeder gefragt. Aber.

Konflikte lassen sich nicht vermeiden, denn nicht alles läßt sich vereinbaren. Ich könnte auch sagen, ich kann mich nicht zweiteilen. Daher schätze ich, nein ich weiß: Gerade da sich also von der Straßenkreuzung kommend in unserer Stube tosender Lärm breitmacht (zeitweise das Haus bebt), ich mein Pensionsalter noch nicht erreicht habe, seit über zwei Jahren auf der Straße stehe und rückschließen könnte, inmitten blühender Landschaften, sollte ich mir scharf einprägen, was ich aus guten Gründen nicht vergessen will, und die Augen aufmachen und selber sehen. Hätte sich vielleicht jeder gesagt. Und genau das mache ich also. Aber.

Ein ganz entscheidendes Aber: Ich informiere mich auch und ich weiß: Da könnten blühende Landschaften sein, die Technik dazu haben wir längst. Vielleicht sag' ich, haben wir. Von der Straßenkreuzung kommend macht sich in unserer Stube also tosender Lärm breit (zeitweise bebt das Haus), ich habe mein Pensionsalter noch nicht erreicht, stehe seit über zwei Jahren auf der Straße, habe mir ganz scharf eingeprägt, was ich aus guten Gründen nicht vergessen will, bin informiert, sehe selber und will gerade schließen, ich stehe inmitten blühender Landschaften. Aber.

Ich denke mir, lieber sehe ich noch mal genauer hin. Also: Ich habe mir eingeprägt, was ich nicht vergessen will, bin informiert, da könnten blühende Landschaften sein, denn die Technik dazu haben wir längst, sehe genau hin und was sehe ich genau? Keine blühenden Landschaften, vielmehr dies: Die Luft ist angereichert, die Sonne grell, und die Pflanzen widerstehen dem nicht. Aber.

Ich informiere mich ja und weiß daher, eine Klima-Wende ist nicht in Sicht. Ich sag' das so, Wende. Von der Straßenkreuzung kommend macht sich in unserer Stube also tosender Lärm breit (zeitweise bebt das Haus), ich habe mein Pensionsalter noch nicht erreicht, stehe seit über zwei Jahren auf der Straße, habe mir eingeprägt, was ich aus guten Gründen nicht vergessen will, bin informiert, da könnten blühende Landschaften sein, denn die Technik dazu haben wir längst, aber ich sehe, die Luft ist angereichert, die Sonne grell, die Pflanzen widerstehen dem nicht, und weiß, eine Klima-Wende ist nicht in Sicht. Und.

Und ich habe mir ja eingeprägt, was ich aus guten Gründen nicht vergessen will, und weiß daher, ich könnte womöglich in die Dienste einer Gesellschaft geraten, mich als Indianerin in etwas reinfuchsen, also abwickeln, mögliche Fragen nur unter Umständen kritisch beantworten und in den seltensten Fällen Gegenfragen stellen, eventuelle Maßnahmen unwidersprochen hinnehmen und vielleicht ein Problem haben, das ich nicht lösen kann, meinen Beitrag zur Verbesserung des Betriebsklimas leisten, mich auf meine Arbeit konzentrieren, Kontaktmann, Entschuldigung, Kontaktmann sein, möglichen Bitten nachkommen, beziehungsweise Anweisungen ausführen, besser noch: Gedanken lesen, bis - falls ich das schaffe - dies automatisch mit Ablauf des Monats endet, in dem das Pensionsalter erreicht wird. Ende. Danke.

Onkel Willi erzählte seine Geschichten zu Ende, sonst hätte
man nicht schlafen können. Er hätte nicht gesagt, da saß sie
also, alles weitere ist nicht bekannt, und nun, gute Nacht.
Man hätte im Bett gelegen und die Augen aufgerissen.

zwanzig

In jenem Landhaus (das Zimmer groß, mit Tisch, Leder-
stuhl und Globus):

1: "Herr Galilei, ich störe. Es ist - ich habe eine Frage ..."

2: "Wer eine Frage hat, der hat auch zwei", kam es
trocken zurück. "Und meine sind: Wo kommst du her?
Wie hast du dich hier eingeschlichen?"

1: "Die Wachen waren kein Problem. Ich gab ihnen mein
Fernglas. Sie sitzen also und blicken damit in den
Himmel."

2: "Die Nacht ist klar."

1: "Mir hilft's nicht weiter."

2: "Soso. Aber bitte schön: der Reihe nach. Und was das
Stören angeht: Setz dich, der Stuhl dort. Mach es dir
bequem. Nicht alle Tage schleicht man sich hier ein,
weißt du? Und in letzter Zeit schon gar nicht. Also: Die
eine Antwort hab' ich nun, das geht in Ordnung. Und
weiter?"

3 *vom Fenster her (vergittert):* "Sie träumt! Sie hat es sich in
der sozialen Hängematte bequem gemacht und sieht
bei all der Faulheit nun Gespenster!"

2: "Nanu?! Was soll das heißen? Wer ist da noch?"

3: "Heute back' ich, morgen brau' ich. Mehr wird nicht
gesagt."

2 *(zu mir):* "Du kennst ihn?"

1: "Er ist mir aufgefallen, ja."

3: "Ich war ihr schon *ent*fallen, ha!"

2 *(zu mir):* "Er will etwas von dir?"

3: "Sie etwas von mir!"

1: "Das wüßte ich aber."

2: "Ein für allemal: Feindschaft dulde ich hier nicht."

3: "Das ist kühn."

2: "Berechnung. So. Ich will die Antwort auf meine Frage. Woher, nun?"

1: "Von der Schwelle zu einem neuen Zeitalter, wenn Ihnen das eine Antwort ist, Herr Galilei."

2 *mustert mich:* "Interessant, interessant. Du willst also behaupten, das Kopernikanische Zeitalter ginge dem Ende zu? Ich sage dir, das ist ausgeschlossen!"

3: "Sie sieht, wie gesagt, Gespenster!"

1: "Ich will sagen: Fliegen, Fliegen wie ein Vogel. Mein Eindruck ist, die Menschheit ist weiter davon entfernt denn je."

2: "Wer denn, deiner Ansicht nach? Von welchem Teil der Menschheit redest du? Wohl doch nicht von meinesgleichen?"

3 *höhnisch:* "Menschheit! Von sich selbst redet sie! Aus ihrem eigenen Unvermögen will sie eine große Sache machen."

2: "Das mag sein. *(mustert mich wieder):* Ich sehe schlecht."

1: "Der tosende Lärm, der entsteht, ist nicht zu überhören."

2: "Du bist mir ein lustiges Kind. Kennst kein Pardon, wie?"

1: "Wer's will, bekommt's."

2: "Schon recht. Zu zwingen ist niemand."

3: "Ich würde das hier an Ihrer Stelle schleunigst abbrechen. Ich möchte Sie ernstlich daran erinnern, daß Sie gewiß Wichtigeres zu tun haben, als jedem Dahergelaufenen - und noch dazu zu dieser Tageszeit - Rede und Antwort zu stehen."

2: "Auch das mag sein. Und dennoch: Was ich mir leisten kann und will, bleibt meine Sorge."

3: "Sicher. Und ich rate Ihnen, sie wegzuschicken."
2: "Das habe ich wohl verstanden, mein Herr. Aber es hat damit keine Eile, denke ich."
3: "Sofort! Sie können es sich nicht leisten ..."
2: "Sicher. Ganz sicher, sogar. Und jetzt still."

Ob die Blätter leise fallen, sanft zu Boden, feuchtes Gras, kein Lüftchen, keine Frage.

1: "Es ist wegen der vierten Dimension."
2: "Auch die ist immerhin meßbar ..."
1: "Aber wenn sie nun praktisch negativ geworden wäre?"
2: "Gerade praktisch ist das undenkbar. Oder willst du mir erklären, du würdest gerade jünger?"
1: "Das nicht, nein."
2: "Welches Meer, dann, fließt den Fluß hinauf und versinkt in einer Quelle?"
1: "Keines."
2: "Weil es undenkbar ist."
3: "Meine Zeit! Wie gespenstisch! Sie wird älter, und der Fluß fließt ins Meer!"
1: "In der Tat: ein aberwitziges Narrenspiel!"
2: "Du wirst mir das erklären müssen."
1: "Das will ich. Obwohl es reichlich hausbacken ist, wie ich mir das vorstelle."
3: "Hängematten-Philosophie. Ihr ganz privates Gespensterparadies ..."
2: "Nun halten Sie den Mund."
1: "Ich denke. Das halte ich für fünfte Dimension. So, wie eine Linie von einer Fläche umschlossen wird, eine Fläche von Raum und Raum wiederum von der Zeit, so vermag mein Denken dies alles zu umfassen."
3: "Sie dringt vor ins unendliche Sein!"
2: "Sie ist nicht die erste."

1: "Meine Gedanken sind an das Fortschreiten der Zeit nur vage gebunden. Weil sie eben nicht materiell sind. Ich kann über meine Wahrnehmung und mein Tun hinausdenken. Ich kann - im gewissen Rahmen - in Vergangenheit und Zukunft sehen. Wo ich Gesetzmäßigkeiten erkennen kann, kann ich diese hierhin oder dorthin übertragen. Zum Beispiel kann ich sagen, in diesem Raum Ihres Hauses hier bin ich nicht immer gewesen und irgendwann werde ich hier nicht mehr sein."

3: "Sie möchte leider schon gehen."

2: "Fahre fort."

1: "Ein Vogel frißt eine Raupe von einem Blatt und fliegt davon."

3: "Ein wunderschönes Bild."

1: "Wir hingegen graben in der Erde nach den Ablagerungen einer längst vergangenen Welt, um sie anschließend zu verbrennen. Ab die Post. Die Folge davon ist, ..."

3: "Nichts als Spekulation!"

1: " ... mit der Folge, daß die Luft, die im Laufe vieler Jahrmillionen von jenen Stoffen gereinigt wurde, sich binnen einem winzigen Bruchteil dieser Zeit mit all jenen Stoffen wieder anreichert."

3: "Es werden Anstrengungen unternommen, den Verbrauch zu verringern."

2 (zu ihm): "Beachten Sie, daß Sie hier ein Eingeständnis machen."

3: "Vor allem Anstrengungen."

1: "Man kann sagen, wir vergasen uns praktisch selbst."

3: "Das ist doch irre!"

Es gibt kein Wir, sagt mein Vater (auch er hat eine Kriegsverletzung). Du hast sehr Schlimmes nicht erlebt. Nichts, weswegen man unter die Räuber gehen könnte.

2: "Darf ich annehmen, es geht darum, jenen Endzustand hinauszuschieben?"

3: "Eine gute Frage, Herr Galilei. Aber Sie, Mädchen, wollen Angst schüren. Lassen Sie das bleiben, das hilft uns nicht weiter. Und was die Frage betrifft. Die Antwort ist: Niemand will einen Endzustand, und es wird auch keinen geben. Aber in der Tat: Wir haben Zeit nötig."

1: "Ich glaube nicht, daß er eine Vorstellung davon hat, worum es gehen könnte."

2: "Worum dann also geht es hier, ihr beiden? Zeit für was?"

1: "Es geht ... um's Ganze, um die lebendige Welt. Herr Galilei, es hat bahnbrechende Erfindungen gegeben."

2: "Das hört man gern!"

3: "Dennoch leider eine maßlose Übertreibung. Mehr als ein kleiner Beitrag ist davon nicht zu erwarten."

1: "Ja, tatsächlich, er meint Zeit zum Sparen."

3: "Ich meine Forschung und Entwicklung."

2: "Gut. Einig seid ihr euch ja nicht."

1: "Was Verantwortung betrifft."

3: "Das will ich meinen! Was sie sagt, ist ja völlig realitätsfremd. Kein Wunder, übrigens, wenn ich bedenke —"

1: "Es hat sich eine Kluft aufgetan. Eine Kluft, die immer breiter wird."

3: "Sie meint ein Faß ohne Boden."

1: "Ach was. Sie tat sich auf, als jene bahnbrechenden Erfindungen gemacht wurden, so daß auf Verbrennung verzichtet werden kann. Denn es ist unstrittig, man kann das nicht tun. Wohl kann man alles denken. Über Vergangenheit, Gegenwart und Zukunft. Aber alles tun kann man nicht."

3: "Das Neueste vom Neuesten."

1: "Verstehen Sie! Herr Galilei! Ich stehe irgendwo, auf meinem Balkon oder auf einer Düne, und ich sehe, der Himmel ist nicht mehr, wie ich ihn mir einmal eingeprägt habe, nicht mehr so, wie er einmal war."

3: "Ja, früher! Früher waren sicher auch —"

1: "Er verfärbt sich, Herr Galilei. Sein Blau mischt sich mit rot. Das Licht —"

3: "Das wird ja immer bunter."

2: "Er höhnt."

3: "Dann fragen Sie doch mal einen! Einen Fachmann, meine ich. Einen, sagen wir, mit Auge. Wie wär's mit Caspar David Friedrich?"

2: "Er höhnt immer noch."

Wind durch mein Haar. Ein Blick aus der Menge, im Vorübergehen. Wie, frage ich mich, kann man an etwas festhalten, das augenscheinlich wider alle Vernunft ist?

3: "Was sie sagt, ist irreal. Sie müssen sich vor Augen halten, daß unser Land ein Industrieland ist. Eines der größten, sogar. Und dieser Aufbau hat große Anstrengungen erfordert. Von den Rückschlägen gar nicht zu reden. Ich will ihr insofern recht geben, als wir große Aufgaben zu bewältigen haben. Wir müssen erstens in einer internationalen Wirtschaft bestehen, und die Konkurrenz, das können Sie mir glauben, schläft nicht. Zweitens müssen wir natürlich auch unsere Hausaufgaben machen. Probleme wie Arbeitslosigkeit —"

1: "Er soll aufhören."

2 *(zu ihm):* "Ihr Vortrag scheint bereits gehört."

1: "Was er sagt, ist Geschwätz. Augenwischerei."

3: "*Ihr* Beitrag beschränkt sich auf Abzocken!"

2: "Genug. Beruhigt euch. So kann man nicht miteinander reden."

3: "Die Dame sollte erst mal arbeiten."

Kalte Nacht. Dem Anführer der Belagerer, die Kehle durch. (Ich hatte das Buch nicht gelesen. Was mich jetzt daran berührt, ist die Entschlossenheit.)

1: "Herr Galilei, ich möchte es unterstreichen, da ist etwas. Ein gewisser Unterschied, eine neue Qualität, auf die es mir ankommen muß."

2: "Ich ahne es bereits."

1: "Sie sitzen hier und können sich sagen: Sie bewegt sich doch."

2: "Soso. Du scheinst zu meinen, ich könnte ein ruhiges Gewissen haben. Dann mach dir klar, daß Selbstgespräche so viel sind" *(schnippt mit den Fingern)*.

1: "Wenigstens haben Sie noch ein Gewissen."

2 *(schnippt wieder mit den Fingern):* "Essen und Trinken hält Leib und Seele zusammen. So weit will ich dir zustimmen. Ach was - vergiß es! Lassen wir die Nöte eines alten Mannes beiseite."

1: "Dennoch war es überprüfbar. Bei allen Brillenmachern waren ebenso starke wie Ihres um ein paar Scudi zu haben."

2: "Laß es."

3: "Genau: Gehen wir lieber zu Weiberkram über."

Ist nicht jeder Feldherr, überhaupt jegliche Machtfülle eine Herausforderung an die Allgemeinheit? Doch was, wenn alle Wachsamkeit versagt, die Überzeugungskraft nicht ausreicht? Was, wenn man sich mit dem Rücken zur Wand sieht?

1: "Während ich hier also sitze, Herr Galilei, in meiner Stube, meiner Küche ..."

3: "In der Kneipe!"

1: " ... bitte sehr, und mir das Gehirn darüber zermartere, was ich tun kann, was weiterhelfen könnte, in der Sache, ..."

2: "Ja?"

3: "Ach ja ..."

1: " ... bewegt sie sich, ..."

3: "Ha!"

1: " ... und die Verbrennung schreitet voran und voran."

3: "Sie leidet unter Zwangsvorstellungen."

1: "Ein empfindliches System ist absolut gefährdet, kann ich dazu nur sagen. Ihresgleichen, Herr Galilei, hat die Technik erarbeitet, ..."

2: "Daran habe ich nicht gezweifelt."

1: " ... eine Technik, die —"

3: "Friede, Freude, Eierkuchen!"

1: " ... die - wahrlich - bei mir eine Lücke schließt. Eine notwendige Ergänzung. Ich hatte wohl gedacht, dem tosenden Lärm sei nicht mehr beizukommen; wegen Mangel an Alternative. Mit Brot und Spielen, dachte ich, werde ich mich begnügen müssen. Nun, aber, ist meine fünfte Dimension, wenn ich so sagen darf, sie ist wieder frei. Keine Blockade mehr. Und dem werde ich mich stellen müssen."

2: "Deine Frage?"

3: "Das alles ist doch Zeitverschwendung. Lassen Sie uns lieber eine schöne Partie Mühle spielen. Oder Schach gefällig?"

2: "Die Frage!"

1: "Was, Herr Galilei, lautet die Frage, würden Sie tun?"

2: "Gut. Das habe ich mir gedacht. Dann will ich noch mal einen Moment den Blick auf zwei Tatsachen richten. Zwei in ihren Auswirkungen gleiche Tatsachen: Einfach ausgedrückt, entsprechen meine vier Monde deinen fossilen Brennstoffen. Und zwar in der Weise, daß sich sowohl Monde als auch Brennstoffe in grundsätzlichem Widerspruch zur gesellschaftlichen Ordnung verhalten. Sie deuten gleichsam einen Denkfehler an, eine paradoxe Konstellation. Denn weder kann es nur einen einzigen Mittelpunkt geben, wo es schon zwei gibt, noch kann aus Etwas Nichts werden, kurz: das eine wie das andere Aufgaben für den Verstand. Beide Tatsachen unterscheiden sich allerdings in der Tat in ihrer Qualität, nämlich in einem entscheidenden Zeitfaktor. Und nun zu deiner Frage, meine Liebe: Ich kann sie dir nicht beantworten. Höchstens könnte ich dir sagen, was ich *nicht* tun würde: Ich würde den Bogen nicht überspannen."

1: "Sie bewegt sich nicht?"

2: "Selbstverständlich bewegt sie sich! Und wenn ihr noch so fehltechnisiert seid und noch die ganze Ursuppe verballert. Sieh mal: Man hat immer mehrere Möglichkeiten."

1: "Eine einzige würde mir reichen."

2: "Aber welche du hast, wirst du doch wissen. Ich höre von dir. Und jetzt laß mich arbeiten."

Der Platz am Fenster war leer. Jedoch gehe ich davon aus, das Angebot steht nach wie vor. Sie wissen schon: rosige Aussichten im Zusammenhang mit ein wenig Produktveredelung. Solche wie der sind hartnäckig.